Herbert Eliasch

Die bluadiche Haund im Schutthauf´m

Ein Wiener Rustikalkrimi

Einakter in 20 Szenen

Bibliografische Information der Deutschen Nationalbibliothek:
Die Deutsche Nationalbibliothek verzeichnet diese Publikation in der Deutschen Nationalbibliografie; detaillierte bibliografische Daten sind im Internet über
http://dnb.d-nb.de abrufbar.
© 2016 Herbert Eliasch
Umschlaggestaltung, Herstellung und Verlag: BoD-Books on Demand
ISBN: 978-3-7412-2342-6

1. **Szene**

Ein Sandler schlendert sichtlich „augstraht", also betrunken, durch eine Gasse und singt mit Inbrunst den Heller / Qualtinger Klassiker „Bei mir sad´s olle im Oasch daham, im Oasch duat is eicha Adress ...".

Nachdem er den letzten Schluck aus seiner Bierflasche gemacht hat, wirft er diese in einen Schuttcontainer, der vor einem alten Zinshaus steht, und wankt dann weiter.

Die Hausmeisterin Fr. Swoboda kommt zur selben Zeit gemeinsam mit Fr. Brchdina, einem stadtbekannten Tratschweib, schnatternd aus dem Haus, beide verfolgen Kopf schüttelnd das Ereignis. Dem Flug der Bierflasche folgend entdecken sie plötzlich eine blutige Hand, die oben aus dem Container ragt.

Fr. Swoboda:	*(Kreischt laut)* Ahh, do is jo a Haund, scheiß mi au, heast, a Haund, wer schmeißt denn a Haund weg?
Tratschweib:	I glaub, de hod kana wega ghaut, sondern die hängt no drau aun wem.
Fr. Swoboda:	Wer kaun denn des sei? Um Gotts wün, Hüfeee, do liegt a bluadiche

Haund in dem Container.

(Durch den Aufschrei kommen weitere Personen, die sich in der Nähe aufhalten, dazu - eine blonde Tussi, ein Philosoph, ein schnöder Lackaffe und ein Prolet)

Prolet:	*(Typ im Jogginganzug mit Idiotenkappe, billigen Tätowierungen und fettem Flinserl nähert sich als Erster dem Geschehen, ein Autoschlüssel hängt wie ein zu kleiner Pimmel aus der Tasche)* Nau serwas Kaiser, do schaut jo wirklich a Haund ausse, i haumma denkt, de Oide mocht nua an Schmäh oder is blunzenfett, wia sunst a immer.
Tussi:	*(Durchgestylt, Modellfigur, Dumpfbackenflair macht sich breit, lispelt und spricht mit hoher Piepsstimme)* Iiihh, daf ift ja ekelig!
Fr. Swoboda:	Jo schauts ned so deppat, ruafts ana die Polizei, i hob ka Handy mit und außerdem is ma des z´teia mit meiner Wertkoatn.
Lackaffe:	*(Ein Typ mit blonder Mähne und Sonnenbrille als Haarreifen sowie genagelten Schuhen, den gelben Pulli tuntig über die Schulter geschwungen, Marke*

Schnösel mit einer leichten Tendenz zu Kotzbrocken, zückt lässig sein top modernes Handy, hält es malerisch in die Galerie und spricht unüberhörbar und nasal)

Hallo? Polizei? Wir haben hier in einem Container eine blutige Hand entdeckt.

Fr. Swoboda: Wir? Wos haßt wir, i hob´s entdeckt, sogn´s eana des, i, die Swoboda, sogn´s des, ned dass si daun a aundra wichtig mocht.
(Zum Tratschweib gewandt und flüsternd)
Vielleicht gibt´s jo an Finderlohn oder i wea intawjut.

Lackaffe: Ja, ist schon gut, erzähln´s das der Polizei, wenns kommt. Was? Ja, eine Hand, wir wissen aber nicht, ob partiell oder holistisch. Was?
(Schnauft und blickt gelangweilt-gönnerhaft in die Landschaft)
Das bedeutet, wir wissen nicht ob da noch wer dran hängt. Die Adresse ist *(wendet sich ab und gibt die Daten durch)*, ja, passt.
(Zur Menge)
Also, in 5 Minuten ist die Polizei da, wir

	sollen nichts berühren, wegen der Fingerabdrücke.
Prolet:	Fingerobdruck - auf ana Haund. Tat mi ned wundern, wenn de Idioten de Fingerobdruck von de Finger von dera Haund entdecken und den Besitzer festnemman.

(Bis zum Eintreffen der Polizei wird Belangloses gequatscht und gemutmaßt, um wen es sich handeln könnte)

Tratschweib:	Wem kunnt denn die Haund ghean? I hoit des ned aus. I tat am liabsten söba do eine kreun und a bissl groben, afoch nur um zu schauen, ob des a gaunza Hinicha is und vua oim, wer des is und ob daun bei uns im Haus a Wohnung frei wird. Weu i suachat e ane fia mei Nichte.
Fr. Swoboda:	Nau i waß ned, oda am End ziagt daun wieder so a Yugo Partie ei mit zehn Gschroppm und an Grüller, den's daun im Wohnzimmer dreimoi am Tog auhatzn.
Tussi:	Waf für eine billige Uhr der trägt.
Philosoph:	*(Ein typischer Professor Typ mit Bart*

	und weißem Haar, blickt weltfremd in die Luft und denkt scheinbar nach)
	Pars pro toto, pars pro toto?
Prolet:	Wos sogt a? Wüla jetzt Toto spühn?
Fr. Swoboda:	Nix, der redt immer so an Topfen daher, i kenn eam a ned so genau, woa irgend a Professor auf ana Unität, daun is sei Frau gstuabn oder sei Dackel, i waß nimmer mehr, und daun isa deppat wuan und redt nur mehr wirres Zeig daher.
	(Blickt erhaben in den Himmel und sieht dabei nochmals die Hand)
	Oba he, jetzt siech i des erst, do is a Stickl Hemad zum Segn - des kenn i goa ned und aun sich kenn i fost jedes Gwaundstickl von olle, der is am End goa ned aus unsan Haus. Wahrscheinlich a Gspusi von der Studentin im 3. Stock. De hod pausenlos an aundan Hawara bei sich, des Flitscherl.
Tratschweib:	*(Flüsternd zu Fr. Swoboda)*
	Aungeblich gibt´s Nochhüfestunden, oba bitte, i glaub des a ned, so verschlogen wia de immer drei schaut. Und de pfeifft immer so ordinäre Liadln.

Fr. Swoboda:	Nochhüfe, dass i ned loch, in wöcher Fremsproch, des wüli goa ned wissen.
Prolet:	Do schaut´s - de Spinotwochter rucken au, nau de schaun deppat aus der Wäsch - des wird a Gaude!

(Polizei kommt in Form von Inspektor und einem jungen Assistenten)

2. *Szene*

Inspektor:	*(Ein mittelalterlicher, etwas schielender mürrischer Mann betritt grußlos das Geschehen)* So, wo is de Haund?
Fr. Swoboda:	*(Drängt die anderen auf die Seite)* Do drin im Container, i hob´s entdeckt, Swoboda mein Name. Brauchen´s mei Kontonummer? *(Zieht den Inspektor am Ärmel Richtung Container)*
Inspektor:	Hean´s, wia is ihna? Lossen´s mi aus, sie Funsn. I hob´s scho gsegn. Gengan´s zruck und lossen´s die Kollegen zuwe, de miaßn den Tatort sichern. Und jeder bleibt durt, wo er is, se san bis zum

	Obschluss der Ermittlungen vorerst olle Verdächtige.
Assistent:	*(Übereifrig und eine Spur zu unüberlegt)* Und sie dürfen das Land nicht verlassen!

(Der Inspektor rollt mit den Augen und gibt den Kollegen, die beim Streifenwagen warten, ein Zeichen, worauf diese sich zum Ort des Geschehens begeben. Die Tussi steht genau davor und bewegt sich keinen Millimeter).

Inspektor:	Und die gnä´ Frau? Woin´s ihna ned a bissl schleichen?
Tussi:	Fie haben ja gefagt, jeder muff dort bleiben, wo er ift.
Inspektor:	Meina Söh, is de deppat, und zutzln tuat´s a, wia a Richtige. Und jetzt Abflug! *(Zerrt die Tussi auf die Seite)*
Inspektor:	So, do bleiben´s jetzt steh und zöhn die Wolken am Himmel. Und ein- und ausatmen ned vergessen. *(Zu sich)* Heast, de is jo zwa Meter über´n Schädl a no deppat.

	(Dann wieder zu den Kollegen)
	So, Kollegen, bitte nehmt's des amoi auf, mit Büdln und so weida, des volle Programm, damit ma daun amoi nochschauen kennan, wer des is und wüvü aun der Haund no drau hängt.
Assistent:	*(Will auch wichtig sein und sagt irgendwas, was passen könnte)*
	Gehen sie auseinander!
Inspektor:	Wos reden sie do?
	Außerdem, wenn die Blade do *(deutet auf die Hausmeisterin)* no mehr auseinander geht, daun zreisst sas am End no.

(Der Inspektor blickt das Haus hinauf und bemerkt, dass drei Leute aus dem Fenster schauen, die zuvor bereits erwähnte Studentin, ein Pensionist und ein ausländisch wirkender junger Mann)

Inspektor:	Sie! *(Keine Reaktion)*
	Heans! *(Wieder nichts)*
	Sogn's hean se mi ned?
Pensionist:	Kloa heat ma ihna, heans, se schrein jo wiara Trottl, oba wen manan's denn jetzt genau?
Inspektor:	Nau olle!

Pensionist: Ob ihna olle hean, waß i ned, i hea ihna.
Studentin: Ich auch.

(Pause)

Inspektor: Und wos is mit´n Bimbo?
Junger Mann: Ich? Ich höre sie auch.
Inspektor: Nau oisdann, haums gsegn wos do passiert is?

(Kopfschütteln von allen)

Inspektor: Geh, so wird des nix, kummans obe, sie san Zeugen, kummans, oba dalli!

(Die Leute verschwinden vom Fenster)

Inspektor: So, tamma do daweu weida, oba ois der Reihe noch, stöhn´s ihna olle do auf, i wird ihna jetzt befrogn.
(Zum Assistenten)
Sie schreiben e mit, gö?
(Assistent nickt)
Oiso, gemmas au - wer hod wos gsegn?

(Schaut fragend in die Runde, lange Zeit keine Reakti-

on, dann sieht der Inspektor die blonde Tussi, die den Blick in den Himmel richtet und irgendwas flüstert)

Inspektor:	Wos is mit ihna? Haums a Schlagl ghobt?
Tussi:	*(Vor sich hin flüsternd)* 52, 53, 54 …
Inspektor:	Wos is?
Tussi:	Nicht ftören, fonft kann ich mich nicht kontfentrieren. 58, 59, …
Inspektor:	*(Genervt)* Bitte wos mochen sie do?
Tussi:	Na geh, jetft kann ich wieder von vorne anfangen - über 60 Wolken waren´f bif jetft, bif da drüben. *(Deutet in den Himmel)* Die linke Feite ab dort *(fuchtelt weiter herum)* fehlt mir noch, aber …
Inspektor:	Aus jetzt, hoiten´s die Pappm und reden´s!
Tussi:	Wie geht daf denn?

(Der Inspektor ist leicht verzweifelt)

Fr. Swoboda:	I…
Inspektor:	Wos i?
Tratschweib:	*(Steht neben Fr. Swoboda und fühlt*

	sich aufgrund des Schielens des Inspektors angesprochen)
	I hob nix gsogt.
Inspektor:	*(Dreht sich zum Tratschweib)*
	Mit ihna hob i a ned gred.
Prolet:	*(Steht neben Tratschweib und glaubt nun seinerseits, der schielende Inspektor spricht mit ihm)*
	Heast Oida, i hob jetzt oba a nix gsogt.
Inspektor:	Hobts es olle an Klopfer? I scheangl hoit a bissl, no ned mitkriagt?
	(Zum Assistenten)
	Na pockt ma des?
	(Assistent dreht sich um, weil er glaubt, der Inspektor spricht mit jemandem hinter ihm)
Fr. Swoboda:	Oiso i hob wos gsegn, fois des no von Interesse sei soit.
Inspektor:	Wos is los?
Fr. Swoboda:	Se haum gfrogt, wer wos gsegn hod, drauf hob i jetzt gsogt i, drauf haumsa-si ummadum draht wia a Windradl und drum sog i ihna jetzt, dass i des woa, de gsogt hod, dass´ wos gsegn hod.
Inspektor:	Und wos bitte?
Fr. Swoboda:	De Haund do obm, kummt da ORF a?
Inspektor:	Jo hechstens de Spira, waun i mi so

umschau, ausgesprochen hüfreich san se ned, hod sunst no wer wos gsegn …
(fährt mit lautem Ton dazwischen, als er merkt, dass alle spontan was sagen wollen)
… außer die Hand?

(Die Münder schließen sich wieder, offenbar lag der Inspektor mit seiner Vermutung richtig)

Inspektor: *(Nach einer Weile des Wartens und des Blickkontakts in der Runde)*
Guad, scheinboa ned.

(In der Zwischenzeit kommen die drei Personen, die zuvor beim Fenster raus schauten, aus dem Stiegenhaus und stellen sich zur Gruppe)

3. *Szene*

Inspektor: Ah, die drei Kibitz, haum se vielleicht gsegn, wia des passiert is?
Pensionist: *(Ein pyknischer, griesgrämiger Mann, dem die Ausländerfeindlichkeit und der Menschenhass schon aus den Augen quillen)*

Na, i hob nix gsegn, oba des woa sicher wieder so a Ost Bagasch, in dem Container is dea e guad aufghobm.

(Die Studentin schüttelt den Kopf, der junge Mann mit dem ausländischen Teint meldet sich)

Junger Mann: Gesehen habe ich nichts …
Inspektor: *(Unterbricht unwirsch)*
Daun hoit de Pappm und geh auf'd Seiten, mia san do in Österreich und do host du Pause.
Junger Mann: Da fehlt mir zwar jetzt der Kontext dafür, aber ich wollte sagen: Gesehen hab ich nichts, aber gehört.
Inspektor: *(Holt Luft und spricht dann süffisant und ganz leise weiter)*
A do schau her, a Obergscheida, a Lustiger. San bei dir daham in Hinterschasindien olle so lustig?
Junger Mann: Ich bin Österreicher und meine Familie kommt aus Ägypten.
Inspektor: A Kamötreiba, na hätt i ma denken kennan. Inländer san jo heitzutog a Minderheitenprogramm.
Pensionist: Genau!
Junger Mann: Wie heißen sie eigentlich, Herr Inspek-

	tor?
Inspektor:	Sedlacek, warum?
Junger Mann:	Auch ganz schön österreichisch, der Name, nicht wahr?
Inspektor:	Sie, heans! Oiso wos host gheat?
Junger Mann:	Einen dumpfen, lauten Knall oder so, könnte auch ein Aufprall gewesen sein. So wie ein Reifenplatzer.
Tratschweib:	Jo, des hob i a gheat.
Fr. Swoboda:	I a.
Pensionist:	I a.
Inspektor:	Nau bitte sads es olle deppat, i frog eich do Löcher in Bauch und daun muass ma eich ollas aus der Nosn ziagn?
Pensionist:	Vom wos gsegn haum woa jo nur die Red, se miassn hoit gscheida frogn, heans. Nur weus so deppat ausschaun wia da Columbo weans no laung kane gscheitn Frogn stöhn kennan wie der - oder grod deshoib ned. Fria hods no richtige Ordnungshüter geb´m, do woa iwahaupt ois aundas.
Inspektor:	Sie ... *(Inspektor läuft rot an und ringt nach Luft, der junge Mann erkennt die Situation und reagiert deeskalierend)*
Junger Mann:	Vor gar nicht allzu langer Zeit, vor einer viertel Stunde vielleicht.

Inspektor:	Wos?
Junger Mann:	Vor einer viertel Stunde circa war der Knall.
Fr. Swoboda:	Genau.
Pensionist:	Genau.
Inspektor:	Nau oisdann, geht e.
	(Zum Assistenten gewandt)
	Hobn´s des ois aufgschriebm? Wos steht do?
	(Schaut auf seinen Block, auf dem ein paar Worte stehen)
	„Keiner sah was, Knall vor einer viertel Stunde", nau super Ausbeute bis jetzt.
	(Sich umdrehend)
	Kollegen, wie weit samma?
Stimme aus dem Container:	Fertig, de Sani kennan kumman.

(Der Inspektor winkt die zwischenzeitig eingetroffenen Sanitäter herbei)

Inspektor:	So, Leitln, do drin im Schutthaufm is a Haund, i waß oba ned, ob do wer drau hängt oder ned, de Kollegen duat wissen mehr, buddltsas aus und bringts mas do her.
Pensionist:	Nau sicher hängt do wer drau.

Inspektor: A do schau her, woher wissma denn des so genau, ha? Haumma uns do vielleicht jetzt a bissl verplappert? Weu wos i waß, siecht ma jo ned eine do in den Container und nur de Haund is zum segn.

Pensionist: Deppata, scho vergessen? I wohn do obn und hob obe gschaut. Und waun ma von wo obn obe schaut, siecht ma oft mehr, wos unt is, ois waun ma direkt unt is, vua oim, waun wos ned gaunz unt is, sondern a bissl oben a.

Inspektor: Wos haßt des?

Junger Mann: Das bedeutet, von oben sieht man ganz genau, dass da wer drinnen liegt in dem Container. Aber wer das ist, kann man nicht erkennen.

Inspektor: Nau des is a lustige Partie. Wiaso sogns des ned glei?

Studentin: *(Vegane Birkenstock- und Strickpulli Aura mit männlichem Kurzhaarschnitt)* Sie fragten uns ja nur, ob wir von der Tat was bemerkten und wir konnten ja auch nicht wissen, dass sie nicht wissen, dass es mehr zu wissen gibt, als sie da unten wissen.

Inspektor: Und so a obergscheide Feministin is a

	in der Runde, nau i bin gstroft, do kumma sicher ausn Tschendern ned ausse. Do hob i scho gfressen bei soichane Vegetarier Weiba - hagliche Zetzn olle mitanaund *(nachäffend)* und das mag ich nicht und das mag ich nicht und kann ich statt dem das haben und bitte nur wenig und ist da e kein tierisches Fett drinnen undundund.
Penisonist:	I bin a Vegetarier.
Inspektor:	Sie?
	(Blickt erstaunt auf seine Leibesfülle)
Pensionist:	Jo, i iß nur Viecher, die Pflanzen fressen, hahaha.
Prolet:	Vielleicht woa jo a Sanitäter da Täter, hahaha, verstehst - Sani-Täter - Täter, a wöd Wuchtl.

(Die Wöd Wuchtl vom Proleten wird ignoriert)

Inspektor:	Oder die Täter-in!
	(Betont das -in lautstark und blickt provokant zur Studentin)
	Weu des gfoit ma bei de deppatn Tschender Weiba, aun ois hängans a - In drau, Zuschauerin, Polizistin, Auto-

	fahrerin, oba wenn´s oasch wird, daun is nix mit -in, Täterin, Mörderin, Hintermännerin - des heast ned, wo san do de Emanzen?
Studentin:	Das gilt als Ausgleich für jahrtausendjährige Ungleichheit und Ungerechtigkeit.
Inspektor:	Jojo, is scho guad, tamma weida.

4. *Szene*

(Man hört aus dem Container Geräusche, die Zuschauermenge wartet gespannt, was sich da tut, nach einiger Zeit wird ein scheinbar toter Mann aus dem Container geholt und auf eine Bahre gelegt)

Fr. Swoboda:	Jössas, des is jo der Tschik.
Inspektor:	Wer soi des sei?
Fr. Swoboda:	Nau da Tschik, i erkenn eam genau.
Inspektor:	Wieso haßt der Tschik?
Fr. Swoboda:	Na der haßt e ned Tschik, mia sogn Tschik zu eam, oda haum gsogt muass ma jo jetzt sogn - Gott hob eam sölich - weula unser Trafikant do vuan am Eck woa. Der hod a in der Bude do gwohnt, obm im 4. Stock. Und so a Jugosabe

woara a, wos waß i, a Serbe oder Krowod, e wurscht, irgend sowos hoit. Und de haßen jo olle irgendwia mit itsch oder tschik am End, so a da Tschik, i waß goa ned, wia der in echt ghaßen hod.

(Beugt sich rüber zum Tratschweib)

Fr. Swoboda:	Heast Inge, wia hod´n da Tschik ghaßen?
Tratschweib:	(*Verduzt*) Nau Tschik.
Fr. Swoboda:	Na, Deppate, in echt, in sein Poß steht sicher ned Tschik drin.

(Dann leise werdend und sich zum Inspektor beugend)

Fr. Swoboda:	Wauna iwahaupt an Poß ghobt hod, wissen´s e, wia des is mit denan.
Tratschweib:	Irgendwos mit Tschik am End, Frantschik, Saftschik, irgendsowos.
Fr. Swoboda:	Hatschik Bratschik Luftballon. (*Lacht beängstigend laut und dämonisch*)
Inspektor:	Na wurscht, loß ma des, do kumma ned weida, des wird si scho klären lossen, und woran haben´s gmerkt, dass

	des der *(spricht verhalten und knickt optisch etwas ein)* Tschik is?
Fr. Swoboda:	Na aun der Haund.
Inspektor:	Wieso aun der Haund? Is der immer mit ana bluadichen und zerschnittenen Haund ummadum grennt?
Fr. Swoboda:	Nau aun der aundan Haund.
Inspektor:	Do is ka aundre Haund.
Fr. Swoboda:	Nau segns, aun der Haund, die ned do is, hob i´n erkaunnt, der hod nämlich nur ane ghobt, der Tschik.
Prolet:	Woa direkt a Glick, dass grod de Haund ausse gschaut hod, de er no ghobt hod, de Chancen woan Fifti, weu waun der aundas zum Liegen kummt und es steht eam de Haund ausse, de eam föht, daun siecht eam de Oide do goa ned und eam fians ausse zur Deponie und weg is er.
Philosoph:	*(In den Himmel blickend)* Schon Seneca sagte - wer darüber klagt, dass jemand gestorben ist, klagt darüber, dass er ein Mensch gewesen ist.
Prolet:	Wos sogt a?
Lackaffe:	*(Gönnerhaft)* Der Herr meint, dass der Tod zum Le-

	ben dazu gehört.
Prolet:	Und wiaso sogt er des daun ned, waun er des so mant?
Inspektor:	So, Freunde, Ruhe im Karton, jetzt konzentrier ma uns wieder a bissl, i muass jetzt ois wissen, wos es über den - äh (*seufzt*) - Tschik zu sog´n gibt.

(Plötzlich hüpft im Hintergrund eine dünne, etwas schlicht wirkende Gestalt über den Gehsteig, in der Hand scheinbar so etwas wie eine Harfe haltend und singend)

Dünne, schlicht wirkende Gestalt:	Tirili…Rom brennt…tirili.
Inspektor:	Na, bitte, sog, dass´ ned woa is, wos is´n des?
Fr. Swoboda:	Des? Des is da Forrest, a hoamloser Noa, der drüb´m bei da Kwapil wohnt, de eam betreut. Der rennt ollaweu do ummadum und red irgendan Bledsinn zsaum oder singt.
Inspektor:	Da Forrest? No a Trottl in der Runde? Wieso haßt der Forrest?
Tratschweib:	Nau wia der aus´n Fernseher, der Forrest Trump, der mit der Jenny und mit´n Tischtennis.

Inspektor:	Da Forrest Trump aus´n Fernseher. *(Rollt mit den Augen)* Nau hawidere.
Pensionist:	A oama Teife eigentlich. Normal miassast dem jo de Spritzen gem, wos soi denn der Bledsinn.
Studentin:	Na hören sie, jedes Lebewesen hat ein Recht auf Leben.
Pensionist:	Heama auf, Pupperl, des is jo ka Lebewesen, der geht doch jeden nur am Zager, wos soi denn der fia an Sinn haum, der kost nur Göd und der wird nie an Beitrog leisten kennan fia de Gesöschoft oder zum Militär geh. Unserans hod zumindest im Kriag des Haimatlaund verteidigt.
Studentin:	Wo verteidigt?
Pensionist:	Nau in Rußland haumma unser Heimat verteidigt.
Inspektor:	Aus jetzt, tamma do ned politisieren! Ignorier ma den Dodl hoit soweit´s geht, vielleicht kummt er e ned umme. *(Zum Assistenten flüsternd)* I kaun goa ned weg schauen, heans, der mocht mi ziemlich nervös, hoffentlich bleibt er durt, wo er is.
Assistent:	*(Ruft in Richtung Forrest)* Bleiben sie wo sie sind und nähern sie

sich nicht dieser Leiche hier, es gibt nichts zu sehen!

(Forrest nähert sich darauf hin natürlich umgehends dem Tatort und stellt sich zur Runde dazu)

Inspektor:	*(Zum Assistenten)* Heans haum sie an Klopfer? I glaub, sie soitn sie vom Dilo die Harf´m ausbuag´n und a glei a Runde durch die Goss´n rennan, so deppat wia se san.
Forrest:	*(Auf den toten Mann deutend)* Tirili...Mann schläft tief und fest - alea jacta est...tirili.
Inspektor:	Na genau, so und jetzt versuach ma uns wieder zum Konzentrieren. Oiso mi wurat jetzt interessieren, wos der Tschi.., der Trafikant fia a Mensch woa.
Pensionist:	A Oaschloch woa des, ka Mensch, des kaumma obkürzen. Nix ois wia a Oaschloch.
Tratschweib:	Hean´s auf, iwa an Todn soi ma ned schlecht reden.
Pensionist:	Wieso ned, a totes Oaschloch is a a Oaschloch, nur tot, oiso wieso soi ma des ned sogn dirf´m?

Tratschweib:	Des gheat si afoch ned.
Pensionist:	Sie reden von an Gheat si? Dünnes Eis, sie oide Fuchtl.
Tratschweib:	Na erlauben´s hean´s!
Pensionist:	Nix erlaub i. Weu waun si ma auf Anstandswauwau kumman, daun geht ma´s G´impfte auf. Oder muass i ihna erinnern, wia sie gred haum, wia vuariges Joa ihr Mau in die Kistn ghupft is?
Tratschweib:	Des woa wos aundas.
Pensionist:	Aha, des woa wos aundas? Wos is do wos aundas. I waß no gaunz genau, wos gsogt haum daumois. „Bin i froh, dass i des Oaschloch los bin" haum´s gsogt. Er hätt ihna e nur birnt, des gaunze Knedl beim Wirtn aubrocht und an jeden Rockzipfe nochgschaut.
Tratschweib:	Des verstengan sie ned.
Pensionist:	I versteh ois. Und de Ursoche, wia da Gatte wirkle umkumman is, woa jo äußerst dubios. Aungeblich isa jo iwa de Stiag´n gfoin und hod si´s Knack brochen *(zieht mit dem Zeigefinger das linke Auge herunter)*. A so a Pech oba a - wer´s glaubt, wird sölig, se haum eam owe g´stessen.
Tratschweib:	Bledsinn, des is ois offiziell rescha-

	schiert und obg´schlossen wuan daumois.
Pensionist:	Jo oba des is jo der nächste Schmäh heans. A jeder waß jo, dass der Kiwara daumois a entfernter Bekaunnter woa und a Aug zuadruckt hod, weu des zweite Aug von eam in eanan Ausschnitt woa. Und wo der sunst no iwaroi drinn gwesen is, aun des wü i goa ned denken.
Tratschweib:	Tan´s ihna ned versündigen, außerdem hod der Kiwara ned kennan, weula impotent woa.
Inspektor:	Uuups!
Tratschweib:	*(Läuft rot an)* I maan, wos ma so heat.
Pensionist:	Mir hod des da Tschik dazöht, der hod ihna nämlich gsegn, eich zwa. Der hod des gwusst, de Backelei von daumois, der hod a irgendwos dazöht von Schwoga von an Schwoga und so. So richtig redselig is er jo erst daun wuan, waun er bsoffen woa und daun hod man blederweis nimmer so recht verstanden. Interessant, dass er jetzt a Bankl g´rissen hod, Zufälle gibt´s wos? Hoda wos verlangt? Isa unverschämt

	wuan?
Inspektor:	Hean´s jetzt is oba gnua, bin i da ermittelnde Beaumte oder sie? I muass oba gesteh, dass des wirklich a interessante Gschicht is, geht mi olladings nix au des von fria, i wea do sicher kan schlafenden Hund mehr wecken. Oba nur, wenn´s kann Zusammenhang zu dem Foi do heit gibt.
Tratschweib:	Passt, daun is des erledigt, tamma weida.
Inspektor:	Jo oba ned bes sei, des zum Beurteilen is mei Hockn.
Tratschweib:	Na hoffentlich nehman´s ihna do ned zvü vua.
Inspektor:	Aufpassen, sie! I denk ma, wiaso lenken´s denn goa so o von dera Gschicht? Kaun´s sei, dass do wos drau is, wos der Oide, ah der Herr do sogt?
Pensionist:	Nau sicher is do wos drau, weu´s de Woaheit is.
Tratschweib:	Und i sog na, jetzt steht Aunsoge gegen Aunsoge.
Inspektor:	Aussoge haßt des, se Obergscheide. De oide Gschicht is fia mi deshoib interessant, weu waun der Tschik des von

	daumois gwusst hod oder waun er´s a nur stoak vermutet hod, kunnt´s ned sei, dass er versucht hod, des auszunutzen?
Tratschweib:	Na.
Inspektor:	Und dass a wos woit?
Tratschweib:	Na.
Inspektor:	Und warum ned?
Tratschweib:	Weu eam der Kiwara mit ana oidn Gschicht im Griff ghobt ho... *(erschrickt)*
Inspektor:	Uuups! Woa de Pappm wieder amoi schnöller, wias Hirn?
Pensionist:	Wos fia a Hirn, de besteht eigentlich nahezu ausschließlich aus Pappm.
Inspektor:	Gebn´s a Ruah! Oiso gnä Frau, i denk, mia kennan uns aus. Irgenda Linke woa daumois, oba i schätz, des wird ma sauber obgschlossn haum und des brauch i jetzt a ned, an Kollegen aupotzn, wenn´s kan stichhoitig´n Beweis gibt.
Tratschweib:	Nau daun samma e fertig, ned woa?
Inspektor:	Nana, so afoch geht des ned. I hob von der oidn Gschicht gred, oba bei dera do is die Sochloge a aundere. I kennt ma scho vuastöhn, dass der Tschik wos

	ogspaunnt hod, oba warum is er erst noch längerer Zeit autaunzt, des is ma ned kloa.
Tratschweib:	Oba i hob ihna jo gsogt ...
Inspektor:	Jojo, waß i scho, oba vielleicht hod si jo irgendwos verändert in dera Zeit, vielleicht is des, womit der Kiwara den Tschik ruhig gstöht hod, jo jetzt weg gfoin. Oder der Kontakt zum Kiwara is weg gfoin, is a gstuabn, in der Pense, haum sa se iwawuafm, irgendwos.
Tratschweib:	*(Wird nervös)* Bledsinn.
Inspektor:	Hean's, i moch ihna an Vuaschlog - sie sogn ma, wos do wirklich woa und daun schau ma weida. Weu i kennt a Foigendes mochn: I loss über mein intelligenten Kollegen do... *(Assistent dreht sich verwundert um)* ...ausheben, wer daumois der Polizist woa, wos ma über den mittlerweile waß und wos si seitdem ois tau hod bei eam und sein Umföd. Und i sog ihna, waun do wos woa, daun roll i den Foi von fria a no amoi auf, weu daun is wurscht.
Tratschweib:	*(Erschrickt)*

	Um Gotts Wühn, heans auf. Oiso passens auf - des woa a Unfoi daumois, oba es hod a bissl unglicklich ausgschaut, der Trottl hod si wirklich des Knack brochen wias eam iwa de Köllastiagn gwixt hod.
Inspektor:	Und wiaso hod des unglicklich ausgschaut?
Tratschweib:	Nau i hob eam vuaher a poa Uafeign geb´m, weula in der Fetten wieder amoi is gaunze Göd verprasst hod beim Koatnspün. Und lauthois gschimpft hob i eam, dass i eam is Knack brich.
Inspektor:	A Uafeign, soso, vielleicht a so a aunständige, dass eam glei a poa Meta iwa´d Stiagn prackt hod?
Tratschweib:	Nana, des woa jo a no im Zimmer, oba da Tschik hod ois gheat und gsegn und hod versucht, ma do an Strick zum drahn und der Kiwara woa wirklich a Schwoga von an Schwoga, der hod wos gmauschelt, dass er den Tschik ruhig stöhn hod kenna.
Inspektor:	Ruhig stöhn…
Tratschweib:	Jo, weula Schuidn ghobt hod bei eam, der Kiwara woa a in dera Koatndippler Partie und hod a Göd verliehen.

Inspektor:	Da Kiwara woa in der Partie und hod a Kredite vergebm? Nau serwas, und wos woa daun?
Tratschweib:	Naujo, der Tschik dirft irgendwia zu Göd kumma sei in letzter Zeit, weu der hod seine Schuidn tatsächlich ozoid. Und dem Kiwara hod die Interne von eich Hops gnumman und damit woa i dem Tschik ausgeliefert.
Inspektor:	Naujo, des tuat ma lad, oba vua oim, weu wissen´s wos si außer Pech no haum?
Tratschweib:	Nau?
Pensionist:	A Mordmotiv hod´s, de Oide.
Inspektor:	Des is immer no mei Foi, oba er hod recht. A pipifeines no dazua, des wea ma amoi festhoidn, tät i sogn. *(Zum Assistenten)* Se schreiben e ois auf, gö? *(Assistent nickt)*
Pensionist:	Bravo, des is jo flott gaunga.

5. *Szene*

Inspektor:	Und jetzt zu Ihna! *(Zum Pensionisten gewandt)* Eigentlich hod des jetzt jo damit aug-

faungen, dass sie gsogt haum, der Tode is a Oa…., oiso se haum angedeutet, dass´ ned bsundas guat auf eam z´reden san. Gibt´s do a a Gschicht dazua?

Tratschweib: Wieder so a Raubersgschicht vielleicht?

Pensionist: Raubersgschicht? San ois Tatsachen, wia ma jo gmerkt hod. Und da Tschik woa a …

Inspektor: *(Unterbricht hastig)*
Jo des haumma scho gheat, dazöhn´s ma afoch, warum.

Pensionist: Oiso, i bin jo aun sich a friedlicher Mensch …

Studentin: *(Unterbricht)*
An sich aber nur, wenn sie nicht gerade Länder verteidigen gegen Länder, die sich selbst verteidigen, nachdem sie von einer Mörderbande angegriffen wurden.

Prolet: Nau des Gemüse gibt sche Gas!

Pensionist: Gschenkt, de is e gstroft gnua, de eitrikate Tofustaungan. Oiso - i woa im Kriag, wia so vüle ehrhofte Männer a. Mia brauchen so Gatschn wia se und de Fuchtl do danebm nix über Aunstaund

	dazöhn, i hob no Kamerodschoft kenna glernt und zwoa do, wo´s wirklich um wos gaungan is, um Leben und Tod, wos´d di aufranaund verlossen host miass´n, sunst woast im Jenseits. So woa des.
Inspektor:	Jo, scho guad, woa e a leiwaunde Zeit daumois, oba wos is mit´n Tschik? *(Zum Assistenten gewandt)* Jetzt red i a scho so.
Philosoph:	*(In den Himmel blickend)* Es ist schwer, sich an den Frieden zu gewöhnen, wenn man immer nur den Kriegen Denkmäler setzt!
Prolet:	Wos sogt a?
Pensionist:	Wurscht, oiso es woa a so: Der Tschik und i, mia woan in der söbm Einheit in Russland. Mia san irgendwaun amoi schwer unter Beschuss kumman, oba wir haum weida kämpft und dagegen ghoitn. Und plötzlich is da Schani, a Kamarod von uns, vurn am Föd troffen und verwundet wuan. Und während mia no überlegn, wia ma den Schani zu uns in Sicherheit bringan kennan, wer viere geht und eam hoit und wer Feiaschutz gibt und so weida, verzupft si

	der Tschik auf amoi und a bissl späda foit a Schuss und er kummt bluatiwaströmt zruck - es hätt eam wer troffm, hoda gmant.
Studentin:	Der Arme.
Pensionist:	Na nix, der Oame - mia olle woan uns nämlich gaunz sicher, de feige Sau hod si söba in Oam gschossen, damit er bei der gfährlichen Rettungsaktion ned mitmochen muass und zruck in´s Lazarett geh kau. Foischer Krowod. Ma hod de Wunden nur behöfsmäßig behaundeln kennan in dera Hektik und a ned im Deteu untersuachn. Des hoda gwusst. Wos er ned gwusst hod woa, dass eam späda de Haund onemman wean, weu des a Pfusch woa. Des is die Woaheit meine Herrschoften, drum hod der Tschick nur a Haund ghobt und daun zum Trangln augfaungan wengan schlechten Gwissen. Den Schani haumma iwirgens ned retten kenna, a poa Minuten und a poa Haundgriff haum gföht - drum is der Tschik a Oaschloch - und a Mörder a.
Forrest:	Tirili…wer ist gut, wer ist schlecht, man weiß es nicht so recht…tirili.

Inspektor:	Nau serwas, und wos hod si in de laungen Joa danoch so tau, oiso wos ihr Beziehung zum Tschik betrifft? Hod si der Grant daun glegt?
Pensionist:	Na sicher ned, heans. I muass sogoa sog´n, mei Hoss auf dieses Oa..
Inspektor:	Jo passt scho, weida im Text
Pensionist:	… is immer größer wuan, no dazua wiari g´segn hob, wos der fia a Ungustl woa und wiara de Leit behaundelt hod, des is immer ärger wuan, je ärger des mit seiner Sauferei wuan is.
Inspektor:	Se wissen oba scho, wos des haßt, gö?
Pensionist:	Na, wos?
Inspektor:	Sie haum a wunderboares …
Tratschweib:	*(Eifernd, offenbar auf Rache zu vorhin sinnend)* … Mordmotiv, jawoi, du bist da Mörder, Falott!
Inspektor:	Nau des wird jo immer schener, heans. Kummst zu ana Haund und ratzfatz host scho zwa Verdächtige.
Tratschweib:	Genau, se oida Leit Vernaderer, sie söba haum eam okraxlt, wegen der Gschicht daumois. So oide Kriegsgschädigte reden jo a Leben laung von Ehre und so an Schas.

Pensionist:	Ned sog Schas zur Ehre, ned des sogn, sunst san glei sie die nächste im Container.
Inspektor:	Die nächste?
Pensionist:	Moment, Moment, i woa des ned.
Tussi:	Kann ich jetft gehen, mir ift ein Fingernagel abgebrochen.
Lackaffe:	Und ich hätte einen wichtigen Termin.
Fr. Swoboda:	Jo, mi bressierat´s e a scho, weu die Karlich fangt glei aun.
Inspektor:	Nix do, do bleibts olle mitanaund und Pappm hoidn. Des san laufende Ermittlungen.

6. *Szene*

Assistent:	Ah, Chef…
Inspektor:	Stean´s mi jetzt ned!
Assistent:	Aber Chef, es wäre wegen …
Inspektor:	Ned jetzt, sie Wappler!
Assistent:	Aber Chef, es ist wegen der Leiche …

(Ein Hund nähert sich der Leiche, hebt das Bein und verschwindet danach wieder)

Prolet:	Hobt´s des gsegn? Jetzt hod der Hund

	die Leich aubrunzt, hahaha. Des hod er si a ned verdient.
Inspektor:	*(Zum Assistenten)* Deswegen ham´s mi unterbrochen?
Assistent:	Nein, Chef, der Sanitäter hat uns jetzt eine Zeit lang zugesehen und hat gemeint, Moment ... *(holt seinen Block hervor und liest langsam vor)* „mia soitat´n den Hinichn jetzt boid weg zaahn, bevuara zum Saftln aufaungt".
Inspektor:	Aso, es geht um die Freigabe der Leich, Bilder haumma gmocht, Spusi fertig? *(Assistent nickt)* Nau daun foama euer Gnaden, auf zur letzten Reise. *(Zu den Sanitätern)* Gheat scho eich. Hoffentlich kennts eam gscheit trogen - i man, weula jo nur a Haund hod, oba ihr mochts des scho. Wos? Aso, a Bahre hobt´s, e kloa. Von der Wiege bis zur Bahre ... hehehe.

(Der Tschik wird abtransportiert)

Prolet:	Ende im Gelände.

Philosoph:	Das letzte Hemd hat keine Taschen.
Prolet:	In dem Foi miassts hassen, des letzte Hemd hod nur an Ärmel, hahaha.
Tussi:	Na geh, jetft ift der tfeite Nagel ab.
Inspektor:	So, meine Herrschaften, mia san oba no laung ned fertig, i bin ma sicher, ana von eich is a Mörder und es gibt no jede Menge Geheimnisse in dera Runde. De weama jetzt auns Licht hoin. Oba ned do, so kaumma ned ermitteln - mir gengan do daneb´m zum Wirt´n.
Prolet:	A guade Idee, do bini glei dabei, mir wochst e scho de Pappm zsaum.

(Inspektor betritt das Wirtshaus, das völlig leer ist, ein verduzter Wirt fährt erschrocken in die Höhe)

Inspektor:	*(Nimmt militärische, aufrechte Haltung an und spricht in seinem schönsten Deutsch)* Das ist eine Amtshandlung, ich muss sie ersuchen, den Saal zu räumen, das ist eine Angelegenheit von höchster nationaler Sicherheit. Und ihnen muss ich das ewige Schweigegelübde abnehmen.

Assistent:	*(Wieder übereifrig)*
	Alles was sie sagen, kann gegen sie verwendet werden!
Inspektor:	*(Rollt mit den Augen, dann förmlich weiter)*
	Jedenfalls brauchen wir den Platz, sie müssen zusperren und ich muss hier ermitteln.
	(Dreht sich zur Truppe um)
	Oiso, gemma, eine mit eich!
Assistent:	*(Aufgeregt, ruft in den menschenleeren Raum)*
	Und sie müssen jetzt alle das Lokal verlassen.

(Inspektor rollt wieder mit den Augen)

7. **_Szene_**

(Die Gruppe betritt das Wirtshaus und verteilt sich geichmäßig in der Gaststube)

Inspektor:	Sodale, jetzt weama moi a bissl professionellere Befragungsmethoden anwenden.
Prolet:	Kummt no wer?

Inspektor:	Ned bled reden, über ihna werma uns a no intensivst unterhoitn.
	(Zum Assistenten)
	A an Durscht?
	(Assistent nickt)
	Hr. Wirt - zwa Bier!
Prolet:	Mia a zwa!

(Auch die anderen Personen bestellen sich im Hintergrund was zum Trinken)

Inspektor:	*(Zum Assistenten)*
	Oisdann, wos haumma bis jetzt? I foss amoi zsamm und sie schaun in ihr´n Block mit, ob des wos i sog, si mit ihre Aufzeichnungen von dem Gefasel der Leit zsaum passt: Do is amoi de oide Gatschn, de aungeblich ihrn Mau hamdraht hod und der nix passiert is, weu´s den ermittelnden Beamten …
Assistent:	*(Hält den Finger in den Block)*
	… „Kiwara" steht da, nicht ermittelnder Beamter.
Inspektor:	Jojo, wissma scho, oiso … den Beamten angeblich driwa lossen hod. Und unser Leich do hod des aungeblich ogspannt, woa oba daumois finanziell obhängig

	von dem Beaumtn und ois si des draht hod woara a Gefoa fia de Oide. Daun haumma an Rambo, der an Hoss auf den Hinichn ghobt hod, weu der im Kriag angeblich a Kameradenschwein woa. Nau immerhin - zwa Verdächtige mit an pipifeinen Motiv.
Tussi:	Einen Aperol fpritf.
Wirt:	Wos is a Fpritf?
Inspektor:	Wuascht, bringen´s irgendwos, de kneisst des e ned.
Lackaffe:	*(Hat bisher nur gelangweilt in sein Handy getippt, pirscht sich nun aber an die Blondine heran)* Na, schöne Frau?
Prolet:	A wöd Schmäh, den muass i ma merken, a Piccolo tät besser passen.
Lackaffe:	Wie meinen sie das?
Prolet:	Hua ... *(unterbricht und täuscht ein Husten vor)* ..ch zua, hahahaha!
Inspektor:	Heans i glaub i muss eana lustige Phase ausnutzen, außerdem bin i ma ned sicher, ob si in ana Stund no aunsprechboa san, drum faung i mit ihna do herinnan au. Setzen´s ihna her do zu uns.

8. *Szene*

(Prolet nimmt bei Inspektor und Assistenten Platz)

Inspektor:	Oiso, erzöhn´s ma amoi a bissl wos iwa ihna. Wos mochen´s so und haum se de Leich do kennt?
Prolet:	Zum Bleistift.
Inspektor:	Wohi?
Prolet:	Jo haßt des, oiso freulich hob i eam kennt, wer hod den ned kennt?
Inspektor:	Afoch nur so kennt in ihrer Funktion ois Raucher? Oder a sunst?
Prolet:	Wia sunst?
Inspektor:	Nau haum´s eam genauer kennt oda ned?
Pensionist:	Nau sicher hod a eam kennt, von der Kickerei.
Inspektor:	Ah, von der Kickerei! Wie derf ma si des vustöhn? Sie wean jo ned gemeinsaum Fuassboi gspüt haum und i denk, Goimau woa der Tschick woi a ka guada mit ana Haund. Oiso?
Prolet:	Jo, a bissl besser hob i´n scho kennt, er woa oba a Gfrastsackl.
Inspektor:	A do schau her!
Prolet:	Schaun´s - er woa Kassier in unsern

	Fuassboiverein und gleichzeitig a a Sponsor mit seiner Trafik. Dafia haum mia ois zum Rauchen bei eam kauft und er hod mit gschaftlt und a bissl wos zoit.

Inspektor: Und wos woa daun?
Prolet: Nau gierig is er wuan. Maunche kriagn hoit den Rochn ned voi. A bissl wos von der Kassa ozogn, Kicker vermittelt und mit gschnittn, höhere Ausgoben verrechnet, ois er ghobt hod. Insgesaumt hod er den Verein um a poa Hundert Tausend geschädigt, so dass ma a poa guade Leit vuazeitig verkaufm haum miassn. Und des hod uns den Mastatitel kost und jede Menge Kredite eibrocht, an de ma heit no zoin.
Studentin: Shit happens.
Pensionist: Ja mit Shit kennt sa si aus, die Bohnenstaungan. Mia haum so a Zeig fria ned braucht und mia haum a unser Gaude ghobt.
Lackaffe: Also dieses primitive Ballischupfen ist ja wirklich lächerlich, wobei ich nicht grundsätzlich gegen das Bälle schupfen bin.

	(Blickt aufreizend zur blonden Tussi hinüber)
Inspektor:	Und wia is des mit dem Trafikanten weiter gaungan?
Prolet:	Nau nix, mia haum eam nur gsogt, mia wean eam den Schädl eihaun und er soi aufpassen, dass er ned amoi unverhofft stolpert. Und dass ma eam sei Hittn ofackln, mehr woa do ned.
Inspektor:	A mehr woa do ned, nau do woans oba großzügig. Vielleicht no a klanes „i kragl di o" oder „muagn bist a Leich"?
Prolet:	Jo, kaun sei, wos ma hoit so daher red.
Lackaffe:	Da sieht man wieder, wie primitiv Fußballer sind, und mit dem Denken vor dem Reden haben sie´s auch nicht so, der redet sich gerade um Kopf und Kragen und merkt´s nicht einmal.
Inspektor:	*(Zum Lackaffen wendend)* Zu ihna kumm i a no, ka Aungst. Und daun weama jo segn, wia sa si schlogn - jeder hod sei Fersn. *(Zum Proleten wendend)* Oiso sie haum den Tschick daschlogn, weu´s im Verein da Höd sei woitn, richtig?
Prolet:	Wos hob i? Na san´s waunsinnig?

Philosoph: Schon Albert Einstein meinte, die reinste Form des Wahnsinns ist es, alles beim Alten zu lassen und gleichzeitig zu hoffen, dass sich etwas ändert.

(Während der Philosoph sinniert, hüpft gerade Forrest über Bänke und jault)

Inspektor: Wos hod a?
Tratschweib: Nix, is a Trottl.
Inspektor: Na i man eam.
(Zeigt auf den Philosophen)
Tratschweib: Jo, i e a.
Inspektor: Nau egal, weida im Text, wo samma steh bliebm? Wos sogt der Block?
(Sieht fragend zu seinem Assistenten, der eifrig mitgeschrieben hat)
Assistent: *(Denkt angestrengt nach und blättert in seinem Block)*
… „Hittn ofackeln" … „i kragl di o" … „muagn bist a Leich"…
Inspektor: Na, später.
Assistent: … „san se waunsinnig?"
Inspektor: Heans! Wos nemman´s ihna ausse?
Lackaffe: Na hoffentlich nichts, ersparen sie uns das Desaster!
(Lächelt milde)

Assistent:	Der Herr mit der Jogginghose, der schiefen Kappe und der dumpfen Backe hat zuletzt gefragt, ob sie wahnsinnig sind.
Inspektor:	Aso, jo genau *(zum Proleten gewandt)* Oiso kaun ma des ois Geständnis werten, daun wa ma do nämlich fertig und i kamat rechtzeitig zu meiner Kegelrunde.
Lackaffe:	Passt, gehen wir.
Pensionist:	Der Fuassboller Schoitl woas, gemma ham.
Tussi:	*(Quietscht)* Jipii, da geh ich noch in´f Nagelftudio
Lackaffe:	*(Mit Augenaufschlag)* Wenn sie wollen, kann ich ihnen auch mein Nagelstudio zeigen, hehehe, ist nicht weit von hier.
Fr. Swoboda:	Wiederschauen!
Tratschweib:	Hawidere!

(Alle erheben sich von ihren Sesseln und wollen aufbrechen, da hat der Prolet einen Geistesblitz)

Prolet:	He, wos passiert do? I gesteh goa nix, i woars nämlich ned!
Tratschweib:	Moch kann Aufstaund, Burli, in a poa

	Joa bist wieder drausst , weu des kaumma sicher so drahn, dass´d in an Infekt ghaundelt host und weu der Tschik jo nochweislich a linke Sau woa, gibt's sicher a milde Umsätze.
Fr. Swoboda:	Und wer außer so a deppata Fuassboller is zu so ana Tat fähig. Außer dem russischen Laundverteidiger do drüben vielleicht.
Pensionist:	Oder der schwoazen Witwe neben ihna, wobei der Kamötreiber schaut ma a ziemlich hantig aus.
Studentin:	Was ist das denn für eine Scheiße hier. Haben sie denn alle kein Mitgefühl? Sie verurteilen einen Menschen einfach so ab, um zum Kegeln, zum Saufen oder sonst wohin zu gehen? In was für einer Gesellschaft leben wir eigentlich? Gibt es keine Solidarität mehr und keine ehrlichen zwischenmenschlichen Beziehungen?
Junger Mann:	Ich finde auch, dass man es sich hier zu leicht macht. Wenn dieser Herr sagt …
Fr. Swoboda:	… dieser Herr *(Lacht laut auf)*
Prolet:	Hehehe, oide Schabrackn, dieser Herr wird da glei ane aurauchen, dass´d

	mit´n Oasch auf die Uhr schaust, du Schreckschraub´n.
Tratschweib:	*(Zum Inspektor)* Do, hean sas? Des muass jo woi ois Beweis und Geständnis reichen.
Pensionist:	Vielleicht kenntma jo eanan Hawara von der Kiwarei auruafn - a klans Gestocher und der Foi is geklärt und die Gehirnwindung do wird verhoft.
Tratschweib:	Reden´s ned so deppat daher!
Tussi:	Na geh, wenn ich jetft nicht bald weg komm, dann fperr ma die tfu?
Lackaffe:	*(Betont genüsslich die letzten Worte)* Sperr-ma die zu? *(Zwinkert)*
Prolet:	Notgeile Drecksau!
Forrest:	Tirili…wir kommen alle, alle, alle in den Himmel…tirili.

(Tumultartige Szenen, alle stehen und sind im Begriff zu gehen, da merkt der Inspektor die Gefahr, dass ihm die Situation entgleitet)

Inspektor:	So, meine Herr-und Frauschaften, jetzt is amoi a Ruah, wir setzen uns jetzt olle wieder nieder und hoitn de Pappm. So afoch geht des leider a ned, a auf die Gfoa hin, dass i mei Kegelpartie heit

versamm, oba so is des Bisness hoit.

(Die Leute setzen sich murrend wieder auf ihre Plätze, aus der Menge hört man neben dem Raunen ein „Scheißdreck", „na Oida" ein „leck mi doch noch Krakau" oder auch ein aggressives „na geh")

9. Szene

Inspektor: Fossma no amoi zsaum: Der Jogger mitn deppatn Hiadl sogt, er woas ned, obwohl er a guades Motiv hätt.

(Raunen aus der Menge, inkl. nicht zuordenbaren Zurufen wie „genau", „Mörder" oder „nau oisdann, mei Red", auch ein zaghaftes „knipfts eam auf" ist zu vernehmen - das kam allerdings von der anderen Seite, offenbar hat auch der Wirt Gefallen am Verhetzen gefunden)

Inspektor: Oba, Freunde, a Motiv hättn de Gatschn do oder der oide Kämpfer a, des haumma jo scho geklärt und Beweise haumma fia olle mitanaund kane. Noch nicht!
(Betont das NOCH und blickt streng mit

	erhobenem Finger in die Runde)
	(Wieder zum Assistenten gebeugt)
	Geh schaun´s ma wieder noch, wos so die letzten wesentlichen Wortspenden woan, damit i durt aunknüpfen und den Foi neich aufrollen kaun.
Pensionist:	Aufknüpfen warat besser wia aunknüpfen.
Assistent:	*(Blättert wieder in seinem Block)*
	… „was ist das für eine Scheiße hier", …"oide Schabrackn"
	(Blickt kurz auf und schaut zu Fr. Swoboda)
	Da waren sie gemeint.
Fr. Swoboda:	Jojo, is scho guad.
Assistent:	… „Oasch auf´d Uhr" …"Sperr ma hähähä" … „notgeile Drecksau"…
	(Blickt wieder auf und sieht zum Lackaffen, Inspektor fährt dazwischen)
Inspektor:	Lossen´s des!
Assistent:	Dann habe ich den Überblick verloren.
Inspektor:	*(Rollt mit den Augen)*
	Der hod´s a ned leicht. Guad, bevua i jetzt daun von olle die Alibis überprüf mecht i no a bissl genauer frogen, wer sonst no von der ehrwürdigen Gesellschaft mit dem Hinichn in irgendana

Beziehung gstanden is. Gibt´s do wen?
Wü uns do wer wos dazua erzöhn?

(Betretenes Schweigen, niemand meldet sich zu Wort)

Inspektor: Guad, samma oiso auf amoi schüchtern, passt. Daun mochma´s aundas, des hod immer no am besten funktioniert, a daumois, wo sie *(blickt zum Pensionisten)* ihr glorreiche Zeit ghobt haum.
(Mit hinterlistiger Stimme und Haltung) Hat vielleicht jemand bei wem anderen *(betont die letzten Wort und erhöht dabei seine Augenbrauen)* etwas Verdächtiges entdeckt, is an wos aufgfoin, wo a si denkt hod, nau i waß ned, ob des gaunz koscher is, wo ma scho a bissl mißtrauisch wuan is. Wo ma si denkt hod, a so a Gfrast.
(Setzt eine Pause, die Leute grübeln)
Oder no a Stufen weida docht: Vielleicht hod wer jo a nur von wem aundan wos über wen aundan ghert. Muass ma goa ned söba gsegn oder gheat haum, irgendwos, des ma daun a weiter erzöht hot, ewentunö mit dem Zu-

sotz „bitte oba von mir host des ned".
So in die Richtung.

(Plötzlich lautes Stimmengewirr, alle springen hektisch auf, deuten mit Fingern auf andere, schreien, toben, brüllen sich an, man versteht aber kein Wort)

Inspektor:	Bingo! Des ziagt immer!
	(Zur Menge)
	Moment, Moment, i siech, wir san am richtigen Weg, beim Denunzieren samma Wödmasta, oba ana nochn aundan. Wos haum si si so aufpudelt zum Beispü?
	(Deutet zur Fr. Swoboda)
	Wos haum si grod gsogt, wos haum sie gheat oder gsegn und über wen?
Fr. Swoboda:	Bitte, oba von mir haums des ned: I waß a ned, ob´s stimmt, ma muass mit so Gschichtln jo immer vuasichtig sein, und i bin die letzte die schlecht redt.
Philosoph:	*(Blickt wieder nach oben)*
	Wenn die Lästerzunge sticht, lass dir zum Troste sagen - die schlechten Früchte sind es nicht, woran die Wespen nagen.
Prolet:	Wos sogt a?

Tratschweib:	Nix, is a Trottl!
Inspektor:	Oiso, wos is jetzt, wos haumma ned von ihna gheat? Des weans jo sicher scho tausende Mole gsogt haum, oiso gemma!
Forrest:	*(Singt im Hintergrund)* Tirili „... ein Schiff wird kommen ..." tirili...
Fr. Swoboda:	I hob gsegn, wia da Tschik mit an Fernglasl de Dame do *(deutet auf die Studentin)* beobochtet hod.
Studentin:	Na auch schon was, außerdem wie wollen´s denn wissen, wen er beobachtet hat?
Inspektor:	Ruhe! I fia de Befrogungen! Oiso - wie woins denn wissen, dass er de do beobocht hod? Und wia soi denn des iwahaupt geh? Der Tschik hod im 4. Stock gwohnt, sie wohnan im 2. und des Gstöh do im 3. Wia kaun da Tschik mit an Fernglasl vom 4. in 3. Stock owe schaun, hod si der vom Fensterbrettl wia da Speidermen owelossn?
Fr. Swoboda:	Na, er hod si durt vuan am Eck *(deutet durch´s Fenster hin)* hintan Busch versteckt, do siecht ma pipifein auf unser Haus.

Inspektor:	Moment, des versteh i ned. Zunächst amoi, wia haum se des segn kennan, dass der mit an Fernglasl in dem Busch ghuckt is, do brauchatns jo an Röntgenblick.
Fr. Swoboda:	Nau i hob jo söba a Fernglasl.
Prolet:	De oide Schastrommel! Regt si üba Leit auf, de spechtln und schaut söba dena Leit bis in Oasch eine, a so a Dreckschleidan.
Inspektor:	Mäßigen sie sich ihna! *(Zur Swoboda)* So, no amoi, gaunz laungsaum. Se haum oiso a a Fernglasl - wos genau mochen´s denn damit?
Fr. Swoboda:	Nau schauen, wos neix gibt, ob e ois sein richtigen Weg geht, ob de Leit aunständig san.
Inspektor:	Und si manan ned, dass des vielleicht a a bissl indiskret umme kumman kennt, wenn des wer mitkriagt?
Fr. Swoboda:	Na, wieso? Is jo ois fia an guadn Zweck.
Studentin:	Für einen guten Zweck, da lache ich! Eine neugierige Funsn sind sie, die Leute ausspioniert und dann verhetzt und vernadert
Assistent:	Genau, sie Funsn!

Inspektor:	*(Zum Assistenten)*
	Heans, san si wahnsinnig, mehr Objektivität! Oiso, sie Funsen, ähh, i maan, Fr. Swoboda, erzählen´s uns jetzt amoi, wos si denn bisher mit eanan Fernglasl scho so ois gsegn haum.
Fr. Swoboda:	Nau ollahaund, do täten´s schaun.
Prolet:	I waß goa ned, ob i des ois wissen wü.
Inspektor:	I scho, oiso dazöhns a bissl wos!
Fr. Swoboda:	Nau wos hob i so gsegn, lossen´s mi nochdenken …
Prolet:	Wia tuan´s denn do?
Inspektor:	Gem´s a Ruah, reden´s jetzt.
Fr. Swoboda:	Jo, genau, oiso do woa amoi der dicke Mercl, der do gegenüber in da Ausfoat gstaunden is.
Inspektor:	Wos woa mit dem?
Fr. Swoboda:	Nau der is durt gstaunden.
Inspektor:	Nau und?
Fr. Swoboda:	Do is a Hoiteverbot.
Inspektor:	Wos haums gmocht?
Fr. Swoboda:	Nau auzagt hob i´n, anonym, i hob gsogt, do steht ana vua meiner Ausfoat - *(schelmisch)* a bissl flunkern muass ma scho fia die Gerechtigkeit - und ratzfatz woa scho a Obschleppdienst do und weg woa der feine Mercl. Des

	woa a Gaude, wie der Besitzer no versucht hod, mit dem Obschlepper zum Verhaundeln, i hob Tränen glocht.
Inspektor:	Und wos no?
Fr. Swoboda:	Oder de Türken von gegenüber.
Inspektor:	Wos is mit de?
Fr. Swoboda:	Ned wos is, wos woa miassat ma frogn?
Inspektor:	Wieso woa?
Fr. Swoboda:	Nau weu´s jetzt nimmer do san. Woa a mei Verdienst. A laute Bagasch, wissen´s e wia des is mit denan, do is jo glei immer de gaunze Sippe mit dabei.
Pensionist:	Genau, daun haums 10 Gschroppm, a Potzn Sozialhüfe und a Gemeindewohnung, Gwaund brauchens e kans und de gaunze Sippschoft kummt mit ana e-card aus, weu e olle gleich ausschaun, de Weiwa iwahaupt mit eanre Schleier und dem Zeig.
Junger Mann:	Ist das nicht jetzt eine Nuance zu pauschal?
Inspektor:	Aus jetzt, reden´s weida, wos woa mit de Türken?
Fr. Swoboda:	Nau es woa e so, wia der Herr do gsogt hod …
Junger Mann:	… der Herr, jetzt auf einmal ist es ein

	Herr, vorher war es noch ein Arsch, so schnell kann´s gehen, wenn man das selbe Feindbild hat.
Philosoph:	*(Sinniert nach oben)* Nichts mehr eint wie ein gemeinsamer Feind.
Inspektor:	Weida im Text!
Fr. Swoboda:	Jo oiso de Partie woa laut, ned zum Aushalten.
Inspektor:	Wos haums gmocht, haums grillt am Balkon oder haums bsoffen randaliert oder Orgien gfeiert?
Fr. Swoboda:	Na des ned, oba ma hods scho maunchmoi lochen gheat und de Legostana erst, waun a so a nochbaute Moschee oder so umgfoin is.
Inspektor:	Des haum si gheat?
Fr. Swoboda:	Freulich!
Inspektor:	Jo oba wie laut kaun des sei, waun do drüben a poa Legostana umfoin?
Fr. Swoboda:	Na unterschätzen´s des ned, und außerdem wehret den Anfängen sog i ollaweu, mit Legostana faungts au und scho boid is a Terrorzelle beinaund und de Kinder wean ois Söbstmordattentäter ausbüd. Des waß ma jo ois.
Inspektor:	Nau und wos woa daun?

Fr. Swoboda:	Beobocht hob i´s, muass zugabm, hod si a bissl zaht, de haum kaum Föhler gmocht, i glaub, de haum gwusst, dass auf der Wotsch List stengan, so wia olle, weu´s goa so vuasichtig woan - do woan jo fost de Inländer lauter. Und de san organisiert. Oba ned mit mir, irgendwaun hob i eich, es Gsindl, hob i ma denkt.
Inspektor:	Und?
Fr. Swoboda:	Jo, wos solli sogn, irgendwaun woas soweit - die Swoboda gwinnt immer!
Inspektor:	Wieso?
Fr. Swoboda:	Sunndoch woa, 2 Minuten noch Zwöfe
Inspektor:	Wieso is des wichtig?
Fr. Swoboda:	Nau sie kennan ihna oba iwahaupt ned aus. Zwa noch Zwöfe, wissen´s ned, wos des haßt? Mittogspause!
Inspektor:	Jo und?
Fr. Swoboda:	Jo und, wos tuat er, der Tirk? Klavier gspüt hoda.
Inspektor:	In der Terrorzelle?
Fr. Swoboda:	Jo genau, ois Tarnung, de tan auf Schöngeist und im Kammerl planen´s die Aunschläg. De haum a de Kinder in a Privatschui gschickt, wia waun unsare ned guad gnua wa, oba des woa a nur

	Tarnung. Und des feine Gwaund. Und freindlich woan de, hob selten no so a foisches Grinsen gsegn.
Tratschweib:	Wo haums denn des gaunze Göd her ghobt?
Fr. Swoboda:	Genau, Inge, du stöhst die richtigen Frogen. Sicher aus irgendwöche linken Aktionen, die si hinter dera Fassad ogspüht haum.
Inspektor:	Und wos woa daun?
Fr. Swoboda:	Nau wie der zwa noch Zwöfe no immer klimpert, woari scho beim Telefon.
Inspektor:	Anonym?
Fr. Swoboda:	Türlich, bin jo ned varruckt, waun des die Sippe mitkriagt stehri jo a glei mit de Betonbatscherl in der Donau.
Inspektor:	Wos haums gsogt?
Fr. Swoboda:	Genau waß i´s nimmer, Ruhestörung und Lärmbelästigung woa sicher dabei
Inspektor:	Und do san die Kollegen daun kumman?
Fr. Swoboda:	Jo, a gaunzes Kommando, mehrere Foazeig, mit Schutzwestn, Helm, Puffm, des gaunze Programm.
Inspektor:	Moment, wegen ana Ruhestörung kumman de oba ned.
Fr. Swoboda:	Naujo, vielleicht hob i a no wos von

	ana Vergewoitung, an Drogenring und foischn Papieren so nebenbei erwähnt, des passt sicher, hob i ma denkt, ned dass irgenda Beaumter si denkt, nau leiwaund, am Sunndoch brauch i des a ned und kummt ned schnö genug - es hod jo flott geh miassn, solang der no spüt. Weu der hot sunst nie länger wie Zwöfe gspüt, drum hob i do a a bissl schwindeln miassn. *(Kichert)*
Tratschweib:	Nau du bist ane. *(Kichert auch)*
Inspektor:	*(Fassungslos)* Und wos woa daun?
Fr. Swoboda:	Nau nix.
Inspektor:	Wie nix?
Fr. Swoboda:	Nau de haum de Bude aufn Kopf gstöht und i waß a ned, a Monat später sans auszogn.
Inspektor:	Nau serwas. I glaub, i wü nix mehr hean, wia samma auf des kumman? Ajo, und wie woa des jetzt mit dem Tschik? Den haum si beobocht, wia er die Leit beobocht.
Fr. Swoboda:	Genau.
Inspektor:	Hod er si do a beobocht, wie sie eam beobocht haum oder haum nur si eam beobocht ohne dass er si beobocht

	hot?
Fr. Swoboda:	Er hod mi ned gsegn, weu i bin jo mitn Glasl ned beim Fensterbrettl glahnt sondern i hob ma hinterm Fenster an Spiagl hi gstöht, der wos auf ana Seitn a Spiagl is und auf der aundan kaun ma durch schauen.
Assistent:	*(Aufgeregt)* Chef, sowas wie in unserem Verhörraum.
Inspektor:	*(Genervt)* I waß, i kaun ma des grod no vuastöhn; nau sie san oba aunständig aufmagaziniert, heans. Wo haums denn den Spiagl her?
Fr. Swoboda:	Von an Kiwara.
Inspektor:	Von an Kiwara?
Fr. Swoboda:	Jo, oba i kaun ihna ned sogn, von wöchn, weu i hob des versprochen. Gö, Inge, des haumma eam daumois versprochen, nochdem er des mit dem Protokoll …. äh…
Tratschweib:	Hoit die Pappm, Swoberl heast!
Fr. Swoboda:	I maan, i vermut des woa von an Kiwara, hod zumindest der Typ vom Flohmoakt gsogt, wo i´n kauft hob.
Inspektor:	Des hobi jetzt ned gheat, i wü kane

	Wickel.
Pensionist:	Weiwahaufen, graupata.
Forrest:	*(Läuft hinten wieder auf und ab und singt)*
	Tirili...für Geld, für Geld, wird auch ein Lump für dich ein Held...tirili.
Inspektor:	Oiso wia woa des jetzt mitn Spechtln? Wer hod jetzt wen beobocht, wie er wos gsegn hod? Und wie kummt die Gstudierte do jetzt in´s Spü und inwiefern is des fia unsernFoi wichtig?
Fr. Swoboda:	Des waß i ned, des is ihna Hockn. Oba wos i waß is, dass der Tschick aus sein Versteck die Dirre beobocht hod. Und jetzt kummts - maunchmoi a mit an Fotoapparat mit sowos gaunz laungan vuan.
Prolet:	Haha, mit wos laungan vuan!
Lackaffe:	*(Zur Tussi zwinkernd)*
	Ich kann das verstehen.
Inspektor:	Wos haßt mit an Laungan vurn?
Fr. Swoboda:	Nau mit so an Subjektiv vurn, an gaunz an laungan, und an Ständer hod er a ghobt.
Prolet:	Haha, an Ständer!
Lackaffe:	*(Ohne Worte, nur noch zwinkernd)*
Inspektor:	A jetzt versteh i ihna, an Fotoapparat

	mit an großen Objektiv auf an Stativ.
Fr. Swoboda:	So kaun ma´s a sogn.
Inspektor:	Und wos schliassens do draus?
Fr. Swoboda:	Nau heans, sie gengan oba a nur zur Hockn, damit ihna ihr Oide daham ned am Haummer geht, oder?
Assistent:	Chef, genau das, was sie immer sagen!
Inspektor:	*(Zum Assistentn)* Aus jetzt, des gheat do ned her. *(Zur Fr. Swoboda)* Reden´s!
Fr. Swoboda:	Nau offensichtlich hod der Büdln gmocht von dem Stecken, die dera möglicherweise unangenehm sei kunntn.
Inspektor:	Jo des kaun scho sei, oba a nur amoi augnumman, der hod die Dame do wi- as grod aus der Dusch oder aus der Hapfm aussekummt knipst - meina Söh, kaun an vielleicht unaungenehm sei, oba deswegen bringt ma jo kann um.
Fr. Swoboda:	Nana, sie verstengan immer no ned. Ned nur Büdln oisa Nockata. Owa mit Hapfm woans scho recht nah an der Realität.
Inspektor:	Beim Schnacksln sollas knipst haum?

	Guad, des is vielleicht no unangenehmer, gib i zua, oba wos i waß lebt die Dame alla, wos soi si do scho ogspüht haum. De Leit, die auf Besuch kumman, nemman jo nur Nochhüfestund.
Fr. Swoboda:	Bingo!
Inspektor:	Wos, Bingo, wen interessiert, ob wer Nochhüfe nimmt?
Fr. Swoboda:	Nana, des e ned, oba wos warat - nur so a Gedaunke - waun des goa ka wirkliche Nochhüfe is, mia haum des jo vuaher draußen scho erwähnt.
Inspektor:	Ka richtige Nochhüfe? Wos daun?
Fr. Swoboda:	Heans san si so bled, oder verstöhn si si nur?
Assistent:	Mein Chef verstellt sich nicht!
Inspektor:	*(Zum Assistenten)* Hoitens die Pappm. I steh am Schlauch.
Studentin:	*(Wird etwas unruhig und läuft rot an)* Gut, das hätten wir auch besprochen, sie wollten doch auch noch die anderen Leute befragen, nicht wahr?
Tratschweib:	A do schau her, weama nervös?
Inspektor:	Oida Fux, jetzt bini durt! San se am End a Schlaumpm? Kumman´s setzen´s ihna her do zu mir.

10. *Szene*

Studentin: Alles bösartige Unterstellungen, was soll das?
(An die Swoboda gewandt)
Sie erfinden hier Geschichten, für die ihnen jeglicher Beweis fehlt. Sie wissen nur, dass der Trafikant ein Spechtler war, genau wie sie selber auch, alles andere haben sie sich an den Haaren herbeigezogen.

Inspektor: Do hods a wieder a bissl recht, de Madame Tofu. Haums außer dera Beobochtung sunst no wos, wos eana Theorie bestätigen kunnt?

Tratschweib: I kennt scho a wos sogen - ned a Moi hob i gsegn, dass sie do ihre „Schüler" *(macht mit Zeige- und Mittelfinger das typische Apostroph Zeichen in die Luft)* mit an Kuss verobschiedet hod.

Fr. Swoboda: Und begrüßt, des hob i wieder gsegn, weu i geh fria ausn Haus.

Studentin: Nau und, was ist denn dabei, das sind oft gute Freunde und Bekannte und in meiner Clique ist es üblich, dass man sich küsst.

Tratschweib: Mit an Zungenroller hobi oba a no nie

	wen begrüßt oder verobschiedet.
Prolet:	Des glaub i gern.
Inspektor:	I hob grod gaunz schreckliche Büder im Kopf, oba i muass do weida tuan. Oiso guad, de Schmuserei is natirlich verdächtig, oba vielleicht is des in so Studenten Kreisen jo durchaus üblich, freie Liebe und so, Rudelbumsen, wissma scho.
Prolet:	Do mecht i oba ned der Rudl sei.
Lackaffe:	*(Zur Tussi geneigt)* Wollen sie mal ein Rudl sein?
Inspektor:	Aus jetzt, i fircht, des weama do jetzt ned klären kenna. Gibt's in dera Angelegenheit sunst no irgendwöche zweckdienliche Beobochtungen?
Pensionist:	Naujo, jetzt wo sas sogn. I hob amoi a Gespräch mitkriagt, gaunz zufällig, wiari die Post ghoit hob vom Postkastl. Zwa junge Burschen, der ane hod gmant, „wüst du zerscht oder sol i", daun hod der aundre gfrogt „wia vü host gsogt verlaungt de" und daun hods ghaßen „aungeblich an Hundata ohne Spaßetln, ois driba hinaus gegen Aufschlog" - und daun is der ane auffe und der aundre is im Auto sitzen blie-

	ben, und noch ana Stund haums tauscht.
Inspektor:	Nau des wird jo immer gschmackiger. Oba wo san de hi, de zwa, des wissma jetzt blederweis ned.
Tratschweib:	Naujo, i waß ned, ob des wichtig is.
Inspektor:	Wosn no?
Tratschweib:	I hob amoi mit mein Handy a Foto gmocht, wia so a junger Hupfer vua da Tia von der Madam steht und läut, i waß goa ned warum, nenn ma´s Instinkt. Oba i hob ma denkt, vielleicht kaun des no amoi wichtig wean.
Inspektor:	Und? Haums des Foto no?
Tratschweib:	Nau sicher, i lösch jo nix.
Inspektor:	Kennan´s uns des vielleicht jetzt zagn?
Tratschweib:	I denk scho, i muass nur suachn, do san jo Hunderte Fotos alla von de Leit in unserm Haus drauf. I bin jo ansunsten ned so a E.T., oba so a Handy Kamera mocht echt Sinn.
Inspektor:	Nau daun suachns hoit amoi. *(Wendet sich zur Studentin, während inzwischen das Tratschweib mit Unterstützung von Fr. Swoboda und dem Pensionisten nach dem Foto sucht)* Weama a bissl nervös?

Studentin:	*(Etwas unruhig)* Lächerlich.
Pensionist:	*(Sieht die Handy Fotos und erschrickt)* Heans san se deppat? Wos haum se denn do ois fia Büder obm?
Tratschweib:	Des geht ihna goa nix au, des foit unter Amtsgeheimnis. So, do is, do hob i´s, schaun´s! Ah, i siech grod, is doch ned nur a Büd, san iwa 50. Und a von verschiedene Leit bei ihr. Ajo, und a ned nur vom Kumman, sondern a vom Geh. So a Zufoi!
Prolet:	Leiwaund! Vom Kumman hods a Büdln obm, kaun i de segn?
Lackaffe:	Hehehe.
Tussi:	Hat wer einen Nagellack dabei?
Inspektor:	Guade Froge, voa oim, weu do ka „s" drinnan is. So, beruhig ma uns wieder. Zagn´s her die Büdln *(Blättert durch)* Nau serwas Kaiser *(Hält der Studentin ein paar Bilder vor die Nase)* Wer san denn die Herrschaften?
Studentin:	*(Zum Tratschweib, das gerade triumphierend die Nase ganz hoch hält)* Se Oaschwarzn!
Tratschweib:	Oba geh, auf amoi goa nimmer so fein?

Studentin:	Also ich bleib dabei, das sind meine Nachhilfeschüler, wenn´s keine wirklichen Beweise gibt, dann geh ich jetzt.
Inspektor:	Se gengan nirgendwo hi. Und zugegeben, des san kane echten Beweise für Prostitution. Oba wir kenntn jetzt Foigendes mochen - i konfiszier des Handy, loss die Büdln von de Spezialisten auswerten und no bevua si den nächsten Pächter in der Hapfm haum, hob i a Listen mit de Naumen von olle Leit auf de Fotos. Do san unsere Experten nämlich wirklich guad.
	Und wissen´s wos daun passiert? Daun lod i olle vua und es gibt a Riesengschrah, san sicher a a poa feine Studentenpinkerl dabei mit einflussreiche, gstopfte Eltern, des wird a Gaude.
Studentin:	*(Erbleicht)*
Inspektor:	Oba i sog ihna nowos. I bin ka Unmensch. Und i bin von der Mordkommission und ned von der Sitte. Mit mir kaumma reden, mitunter a ohne Kuvert , waun´s sei muass. I vergiss des ois do jetzt amoi, oba si derzöhn ma de gaunze Gschicht.
Prolet:	Und jo ka Detail auslossen!

Inspektor:	Nur zweckdienliche Details, bitte.
Tratschweib:	Und wos is mit mein Handy, des kennan´s doch ned infiszieren, des is mei Oabeitswerkzeig.
Inspektor:	Des kriagens späda, de relevanten Büdln miassma leider scho obe loden, des mocht inzwischen der Kollege. Oiso, auf geht´s - reden´s jetzt.
Studentin:	*(Bricht innerlich zusammen)* Also gut.
Prolet:	Leiwaund!
Forrest:	Tirili…alle Vögeln sind schon da…tirili.
Lackaffe:	Alle Vögeln da. *(Zwinkert)*
Studentin:	Es hat sich so ergeben.
Fr. Swoboda:	Hahaha, ergeben.
Tratschweib:	Du Flitscherl!
Inspektor:	Jetzt gebt´s a Ruah, es Revolver Weiba, losst sas derzöhn.
Studentin:	Es hat sich wirklich so ergeben. Ich habe tatsächlich ausschließlich mit Nachhilfe begonnen, ich muss mein Studium und mein Leben ja ganz allein finanzieren. Übrigens sind nicht alle Leute auf den Fotos Liebhaber, die meisten sind echte Nachhilfeschüler, aber ich brauch den Skandal nicht wirklich.

Pensionist:	Liebhaber, wia des klingt, Puderanten san des.
Inspektor:	Heans auf und lossen sas amoi reden, pudelts eich ned olle auf mit eichra Doppelmoral, es sads um nix besser, olle mitanaund. Jeder sogt, olle aundan san deppat, nur söba is ma´s ned, lauter Geisterfoara, wissma e.
Philosoph:	*(Blickt nach oben)* Schon in der Bibel steht - wer unter euch frei von Sünde ist, der werfe den ersten Stein.
Forrest:	Tirili...Kuckuck, kuckuck, ruft´s aus dem Wald...tirili.
Inspektor:	Geh bitte, kaun ana den Kuckuck do ruhig stöhn? *(Zur Studentin)* weiter!
Studentin:	Also wie gesagt, ich habe ganz normal mit Nachhilfestunden begonnen, Englisch und Spanisch.
Prolet:	Französisch und Griechisch woan ned dabei? *(Packt sein grindigstes Lachen aus)* Hähähä.
Studentin:	*(Ignoriert den Zuruf)* Das hat lange Zeit ganz gut funktioniert, bis eines Tages so ein überhebli-

cher Beruf-Sohn-ich-krieg-alles-was-ich-will-Typ bei mir war. Sohn eines Anwalts und Geld spielte keine Rolle. Der hat mit die Hunderter nur so herum gefuchtelt und gemeint, ob man die Nachhilfe nicht etwas auflockern könnte. Und da hat er mich auf dem falschen Fuss erwischt, denn zu dem Zeitpunkt sah es finanziell bei mir ganz schlecht aus. Und so bin ich da rein gerutscht.

Prolet:	Oder wer in wen hähähä.
Studentin:	Es gab gutes Geld für unverbindliche Gefälligkeiten und das war´s.
Prolet:	Wie, des woas, des is de gaunze Gschicht? A bissl mehr Details hätt ma uns olle scho erwoatet, gö? *(Blickt aufgeregt und fragend in die Runde)*
Fr. Swoboda:	Na danke, des ausgschaumte Frauenzimmer braucht ned mehr dazöhn.
Prolet:	Ned? I find scho, jetzt wurats erst richtig interessant.
Inspektor:	Aus jetzt. Und wie oft haum´s so an Besuch ghobt?
Studentin:	Naja, so zwei bis dreimal die Woche, es hat sich so entwickelt, mit Mundpro-

	paganda.
Prolet:	Mundpropaganda! I brich nieder, des kaun i ma sogoa vuastöhn.
Inspektor:	Und wia is da Tschik in´s Spü kumman?
Studentin:	Naja, die Hausmeisterin hat da schon recht gehabt, er war ein Spechtler. Hat Fotos gemacht von alle Parteien im Haus. Auch von ihnen übrigens. *(Zeigt in die Runde).* Und eines Tages hat es geläutet an meiner Tür, da stand er und hat gemeint, wir müßten reden. Ich meinte, mit ihnen rede ich nicht, denn der war mir immer schon unheimlich. Diesmal werden sie mit mir reden müssen sagte er und zieht ein Foto aus seinem Mantel, ein, naja sagen wir mal so, ziemlich eindeutiges.
Prolet:	*(Hechelnd)* Wöches? Wos woa obm? Dazöh!
Studentin:	Naja, so war das.
Inspektor:	Wie, so war das, do muass jo nowos kumman, wos hod er woin und wos hod er kriagt?
Studentin:	Er wollte Geld. Oder so.
Inspektor:	Oder so?
Studentin:	Naja, viel Geld hab ich nicht gehabt.

Inspektor:	Das heißt er wollte sonstige Dienstleistungen?
Studentin:	Genau.
Prolet:	Dazöh, heast, loss uns ned so im Dunkeln tappen.
Inspektor:	Kann ma wer diesen brünftigen Dillo vom Hals schaffen? Oiso der Tschik hod ihna mit de Fotos von ihre Liebhaber erpresst, wie laung is des gaungan?
Studentin:	Ca. 2 Monate, ich bin auf den Deal halt eingestiegen, weil er mich ansonsten in Ruhe gelassen hat, er hat mir sogar ein paarmal Leute vorbei geschickt und einen Anteil davon kassiert. Es war ein wenig Win-Win, wenn sie so wollen.
Prolet:	Dass ma in Wien san, wissma - de is deppat.
Inspektor:	Auf Strizzi hoda a gmocht, nau der is beinaund.
Prolet:	Oba goa ned so bled, wenn i so nochdenk …
Lackaffe:	Tu´s nicht, kriegst nur Kopfweh davon.
Prolet:	*(Die zynische Bemerkung nicht überreissend)* Bei Kopfweh nimm i a Aspro.
Inspektor:	Sogn´s, jetzt interessieren mi zwa Sochen: Erschtns - warum haumsase eigentlich erpressen lossen? Nur weu ma

	mit an in da Hapfm is, is ma jo ned bis zu sein Lebensend erpressboa.
Studentin:	Er hatte Fotos, die eindeutig belegen konnten, dass ich Geld für meine Dienste nahm.
Inspektor:	Verstehe, und zweitens: Wie is des weitergangen?
Studentin:	Er wurde unverschämt, wollte immer mehr, immer öfter.
Prolet:	Wie oft? Und wos hobts so gmocht? Schüda!
Inspektor:	Schleich di do jetzt.
Studentin:	Und er hat noch mehr Anteile an meinen Einnahmen verlangt.
Inspektor:	Und drum haums eam daschlogn, richtig? E kloa, passt scho, samma scho fertig a.

(Die Menge erhebt sich wieder jubilierend und möchte davon, „leiiiiwaund", „gemma", „die Gender-Marie woas", „Schlaumpm")

Tussi:	Na geh, knapp verpafft, jetft muff ich mir felber den Nagel feilen.
Assistent:	Seilen?
Tussi:	Feilen.
Pensionist:	*(Zum Wirtn)*

	I bleib glei do huckn, Koarl, a Kriagl no und an Doppelten!
Lackaffe:	*(Zur Tussi)* Nau schöne Frau, haben sie sich ein wenig inspirieren lassen von der frivolen Geschichte?
Studentin:	Moment, ich störe nur ungern die Geselligkeit, aber ich habe den Trafikanten nicht erschlagen. Ich habe mit seinem Tod nichts zu tun, ich schwöre.

(Die Menge erstarrt, als plötzlich ein lautes Stimmengewirr entsteht, es sind Wörter wie „geh leckoasch", „na ned scho wieder" und „schleich di heast" zu vernehmen)

Inspektor:	Wos sogn sie do?
Studentin:	Ich war´s nicht. Ich gebe zu, ich hätte ein Motiv gehabt, aber ich war´s nicht. Meine Trauer hält sich aber zugegebenermaßen etwas in Grenzen.
Pensionist:	Nau sicher woasas, de Schlaumpm.
Inspektor:	I muass zuagebm, es föht wirklich jeglicher Beweis für de Tat, jede Menge Indizien, so wie bei de aundan a, oba a stichhaltiger Beweis ist des ned. Drum setzma uns olle wieder gmiadlich hi

und es geht weida.

(Murren, Sesselrücken ist zu hören, „na geh", „Funsn, blede", „leckomio")

11. *Szene*

Inspektor:	So, wen haumma denn do, mia haum jo no goa ned olle befrogt, ohne dem warat die gaunze Prozedur ohnehin unprofessionell gwesen.
Lackaffe:	Aber authentisch.
	(Lächelt nach dieser Breitseite martialisch zur Tussi)
Inspektor:	Na genau, der Herr gut und schön drängt si auf. Es ist mir ein Volksfest, willkommen im Club. Von ihna haumma außer a poa Testosteron gesteuerte Aussogen no goa nix gheat, i glaub, des soit ma ändern.
Tratschweib:	Testo, …wos?
Prolet:	Des is a Ferrari.
Inspektor:	Jo genau, an Ferrari hod er gsteuert.
	(Macht den Scheibenwischer)
Lackaffe:	Ich habe tatsächlich einen Ferrari.
	(Blickt wieder zur Tussi)

Inspektor:	Des interessiert jetzt oba niemaund. Oiso gemmas au, setzen´s ihna do her. Haum si den Dodn kennt?
Lackaffe:	Nein, bedaure, kann ich mir nicht vorstellen, mit so einem Gesindel gebe ich mich nicht ab.
Prolet:	Wos haßt Gsindel, der Tschik woa oba immer no ana von uns, a Oaschloch, Leitbetriaga, Erpresser und Veruntreuer - oba ana von uns. Aufpassen!
Philosoph:	Das Gute, dieser Satz steht fest, ist stets das Böse, das man lässt!
Prolet:	Wos sogt a?
Inspektor:	Sogn sie, erzöhn´s ma a bissl wos über ihna, wos mochen se so beruflich und iwahaupt, wos treibt si in die Gegend, se ghean jo do offensichtlich ned wirklich her, zumindest woins sehr auffällig den Eindruck vermitteln.
Lackaffe:	*(Richtet sich sein Haar und die Sonnebrillen und zupft am tuntigen Pullover)* Nun denn …
Prolet:	Wie der scho redt, do kennt i eam ungschaut ane in de Pappm haun. *(Ihn nachäffend, mit verzogener Miene)* - nun denn…
Lackaffe:	*(Ignoriert die Wortspende mit einer*

großzügigen Geste)
Also, ich weiß gar nicht wie ich das, was ich mache, so einfach erklären kann, dass es jeder versteht, und ich weiß auch gar nicht, wo ich anfangen soll.

Pensionist: Am besten vuane.

Lackaffe: Um es vielleicht abzukürzen - ich mache in Immobilien.

Prolet: Er macht in Immobilien? Wos haßt des? Brunzt der in Häuser? Von sowos kauma leben?

Lackaffe: Ich bin Magister der Betriebswirtschaft, Doktor der Rechtswissenschaften und ausgebildeter und diplomierter Immobilienexperte. Ich kaufe Immobilien, um sie weiter zu entwickeln, am besten ganze Zinshäuser - wie dieses hier zum Beispiel, wo all diese Idioten hier wohnen - die werden dann professionell generalsaniert, also die Häuser, nicht die Idioten hähähä, und dann verkauft oder vermietet, in einer dann höheren Kategorie natürlich.
(Blickt siegessicher zur Tussi, die jedoch nur mit ihren Nägeln beschäftigt ist)

Pensionist: Oiso genauso a Oaschloch, wia da

	Tschik, nur in an feineren Gwaund und mit mehr Titel. Vaauntwortungsloses Gsindl - wie de Benker, hasadieren mit da fremden Marie und wenn´s in die Binsen geht, häng ma des Malöa der Oigemeinheit um und san a Woikn.
Inspektor:	Und wos genau treibt sie in di Gegend do?
Lackaffe:	Nichts Bestimmtes, ich war quasi auf der Durchreise.
Inspektor:	Wieso glaub i ihna des jetzt ned so wirklich?
Lackaffe:	Das kann ich nicht beurteilen.
Inspektor:	Se haum vuaher gmant, se kaufen gaunze Zinshäuser.
Lackaffe:	Richtig.
Inspektor:	So ans wia des do, wo de gaunzn Idioten drinnen wohnen.
Lackaffe:	Auch das ist korrekt.
Fr. Swoboda:	Moment amoi, i glaub se haum an Schas gfressen, von wos fia Idioten reden sie do genau?
Philosoph:	Quot erat demonstrandum.
Prolet:	Wos sogt a?
Lackaffe:	Was zu beweisen war, sagt er - der ist übrigens der einzige Normale hier, dann kommt der Forrest und dann ihr

	alle miteinander.
Tratschweib:	Heans, wos glaubm se iwahaupt, i wea eana glei aus eanre gnogltn Bock ausse beitln.
Inspektor:	*(Versucht kalmierend einzugreifen, weil er fürchtet, dass die Stimmung vollends kippt)* Aus jetzt, wir beruhigen uns wieder und sie *(zum Lackaffen)* - reissen´s ihna zsaum und mässigen sie sich ihna. Sie san um kann Deit bessa und scheissn in söbm Dreck. Oiso wia is des mit de Hittna. Des haßt so a Hittn wia de do tat ihna scho interessieren.
Lackaffe:	Ohne Mieter ja.
Inspektor:	Nau oba heans amoi, sovü kenn i mi a aus, a aus beruflichen Gründen. So Hittn wean oba ned ois a laara kauft und daun hergricht, de wean kauft und daun laa gmocht, des is scho a Unterschied.
Lackaffe:	Gelegentlich.
Inspektor:	Gelegentlich - i tät sogn zu 90%.
Lackaffe:	Plus-Minus.
Forrest:	Tirili...da drüben ist ein Haus, da ist eine Trafik, das ganze Haus ist leer, fast leer, bis auf den Tschik...tirili.

Inspektor:	Geh hoit de Pappm, i muass mi konzentrieren.
Assistent:	Chef.
Inspektor:	Geb´ns a Ruah, des güt a fia ihna.
Assistent:	Chef.
Inspektor:	*(Grantig, pfaucht)* Wos is?
Assistent:	Haben sie das gehört, was der Harfenmann gesungen hat?
Inspektor:	Na, do kamat ma überhaupt ned weida, wenn i auf des a no hean miasst.
Assistent:	*(Geht zu Forrest hin)* Hallo mein Freund, wollen wir das Lied noch einmal singen?
Inspektor:	Heans wos mochen sie do? San´s jetzt a scho deppat? An Vadocht hob i e immer scho ghobt, oba wauns jetzt a no zum Singen aufaungan, dann loß i ihna oblösen.

(Der Assistent macht eine beruhigende Handbewegung und fängt mit Forrest zu singen an, immer die eine Zeile, immer lauter werdend, bis letztlich das ganze Lokal mitsingt)

Alle:	Tirili…da drüben ist ein Haus, da ist eine Trafik, das ganze Haus ist leer, fast

	leer, bis auf den Tschik...tirili.
Inspektor:	Jetzt bin i durt - so deppat is der goa ned. *(Dreht sich zum Lackaffen um)* So, amoi Kloatext, i hätt wieder amoi meine zwa Frogen.
Lackaffe:	Die sollten sie sich sicherheitshalber aufschreiben.
Inspektor:	Naunaunau, ihna wird's a boid a Huatnummer klana gebm. Mei erste Froge warat, ob si ned zufällig aun dem Zinshaus, do wo die Idioten wohnen ...
Hausbewohner:	Heee!
Inspektor:	... interessiert woan und die zweite Froge warat, ob si ned a aun dem Haus do drüben, wo unten die Trafik vom Tschik drinnen is und des ansunsten offenboa leer is, a Interesse hättatn. Des warat jo super interessant, a motivtechnisch her, wenn´s wissen, wos i man.
Lackaffe:	*(Wird durchaus ein wenig unruhig und ist nun nicht mehr gar so lässig, ärgerlicherweise sieht genau jetzt die Tussi zu ihm rüber)* Lächerlich, auf das reagier ich nicht einmal.

Inspektor:	Soitens oba, weu des is a offizielle Amtshandlung in einer ewentunellen Mordsache. Mocht kan schlanken Fuaß, waun ma do beim Kreis der Verdächtigen vuan dabei is. Oiso wos sogn´s dazu?
Lackaffe:	Nichts.
Inspektor:	Ok, dann geh ma des Thema strukturiert an, hod jo bei der Vegi-Tant a scho gaunz guad funktioniert.
Lackaffe:	Bei mir beißen´s auf Granit, sie haben nichts in der Hand, außer beim Wischerln. *(Noch ein Versuch, um bei der Tussi mit einer Wuchtel zu punkten, diese feilt aber immer noch an ihren Nägeln herum)*
Inspektor:	Lustig samma a no, a gaunz schlechte Kombination. Nau guad, oiso der Reihe noch. Es san jo e jede Menge oide Schochtln do, de seit Joan ois beobochten, wos si so tuat rundummadum.
Fr. Swoboda:	Hean´s sans gscheit?
Tratschweib:	Oder is Gegenteu?
Inspektor:	Gschenkt, oba do fühn si e glei die Richtigen augsprochen. Wer von die Damen …

Beide unisono:	Nau oisdann.
Prolet:	I speib mi glei au.
Inspektor:	… oiso wer von die Damen kaun ma wos von der Hittn erzöhn, wo da Tschik sei Trafik ghobt hod. Do gibt´s jo sicher jede Menge interessanter Gschichtln dazu.
Fr. Swoboda:	Wos fia Gschichtln?
Inspektor:	Nau zum Beispü, wer durt gwohnt hod fria und wie des obgrennt is bis de Bude leer woa.
Fr. Swoboda:	Des kaun i ihna genau sogn, waun´s woin schreib i ihna a Listn mit olle Naumen von de Leit auf, de duat gwohnt haum.
Lackaffe:	*(Gekünstelt zynisch)* Und vergessen´s nicht zu erwähnen, wer mit wem ein Pantscherl gehabt hat.
Fr. Swoboda:	Ka Aungst, de waß i olle, ana Swoboda kummt kana aus.
Pensionist:	Jo des warat ma a sehr recht, waun ihna jetzt kana auskummt.

(Schallendes Gelächter im Raum)

Inspektor:	Ruhe, so kaumma ned oarbeiten. Oiso,

	do haums an Block, durt setzen´s ihna hi und schreibens, mir tan inzwischen do weida und daun red ma wieder.
Fr. Swoboda:	Kriag i a Drangl? Für mei Kooperationsbereitschoft? A Spritzer passat guad eine jetzt.
Inspektor:	In Gotts Naum - Hr. Wirt, an Spritzer fia de Frau do, geht auf mein Deckel. So, wo woama? Ajo, bei der Hittn, i waß ned warum, oba i kennt wetten, sie wissen do a einiges dazu. *(Zum Tratschweib gewandt)* Woan im Zuge der Obsiedelung irgendwöche Ungereimtheiten?
Tratschweib:	Ungereimtheiten?
Inspektor:	Jo, i man, hod´s do Wickel gebn oder is des ois easy cheesy über die Bühne gaungan?
Tratschweib:	Isi wos?
Inspektor:	Nau hods Bresln gem, weu einige ned ausse woitn, oda wia woa des?
Tratschweib:	Aso, jo jede Menge Bresln hod´s do geb´n. Wos i so gheat hob, is do so a Immobilienhai Firma daher kumman und hod amoi an jeden a Aungebot gmocht. Oba des woa natirle a Heckl. Weu vü zwenig. Des hod glaub i nur a

	Partei augnumman, oba de woitn sowieso genau zu de Tog kündigen, weu's übersiedelt san.

Fr. Swoboda: *(Schreit von hinten)*
Des woan de Schwarzbauer, de san noch Soizburg zogn, weu dort die Mutter von ihr gwohnt hod und nochdem da Mau gstuabn is mit 79 aun an Schlagl, haums Plotz ghobt und san ...

Inspektor: Jojo is scho guad, oiso de ane Partei is amoi ausse. Wos woa daun?

Tratschweib: Daun haum de Hai des Aungebot a bissl nochbessert, haum des daun oba nimmer mit da Post gschickt, sondern von so zwielichtige Typen persönlich überbringen lossen. Do san daun in Foige a wieder zwa Parteien ausse, weu de haum se gfuachtn und des Göd e guad brauchen kennan, de san in a Heim zogn.

Fr. Swoboda: *(Wieder von hinten)*
Des woa de oide Klinger und des Ehepoa Ndrchal, er a oida Offizier, sie nebenbei a Haushälterin bei an Grafen. Beide Parteien woan kinderlos, sie die Ndrchal hod an sich ganz guad ausgschaut, oba is jo ka Wunder ohne Kin-

	der und echter Hockn - oiso Händ verstaucht hod si de ihre Leben laung ned. Über de Klinger kennt i jetzt nix schlechtes sogn.
Inspektor:	Wieso des auf amoi?
Fr. Swoboda:	I hob´s ned kennt.
Pensionist:	Wia waun des fia ihna a Grund warat.
Fr. Swoboda:	Geh waßt wosd mi du kaunst?
Inspektor:	I glaub, wir haum a Vermutung, oba des tuat jetzt nix zur Soche. Wos is daun passiert?
Tratschweib:	Nau guad, oiso a poa woan amoi weg und daun is - wos ma so gheat hod - a bissl ungmiadlich wuan. Ausglahte Mistkiwen, augschmiate Wänd, späda daun a eighaute Scheibm, Drohungen. Ana is sogoa de Stiagn owe gstessn wuan.
Pensionist:	Des woa sicher de Swoboda.
Fr. Swoboda:	Trottel ! Owe gfoin is da Halbwedl Koarl, an sich a recht spuatlicher Mau, der in der Jugend bei der Austria gspüt hod oba noch an Meniskusschoden sei Karriere beeinden hod miassn. Daun hod er bei an Vereinssponsor im Loger a Hockn kriagt und maunchmoi a beim Tschik ausghoifm.

Inspektor:	A, sche laungsam wird´s griffiger, wos woa daun?
Tratschweib:	Aungeblich hod der Tschik gegen Bezohlung mit ghoifm, de Leit ausse zum kriagn, es geht a des Gerücht, dass er den Koarl owegstessn hod. Is oba nie aufgeklärt wuan. Jedenfois is daun so weida gaungan mit de Schickanen, worauf wieder a poa Parteien des Haundtuach gworfen haum.

(Alle Beteiligten drehen sich zur Fr. Swoboda und warten auf die Details dazu, v.a. um welche Personen es sich dabei handelte und ein paar Eckdaten zu deren Leben)

Fr. Swoboda:	*(Bekommt mit, dass alle sie anstarren)* Wos is, wos schaut´s denn so deppat?
Inspektor:	Mia woatn auf Details?
Fr. Swoboda:	I hob jetzt ned aufpasst, i muass mi do konzentrieren.
Inspektor:	Guad, e wurscht, wos woa daun?
Tratschweib:	Letztlich woan zum Schluss nur mehr drei Parteien im Haus, inklusive der Trafik vom Tschik. Und do is daun richtig schiach wuan. Pausenlos woan irgendwöche Wickel, dauernd woa die

	Polizei do, do san richtig die Fetzen gflogn. Amoi is sogoa a Schuss gfoin. Noch an hoibm Joa san bis aufn Tschik a de aundan zwa auszogn.
Fr. Swoboda:	Des woa da Sefcik, a ehemoliger Söldner, der woa a ned ohne, is oba daun aungeblich amoi ziemlich maltretiert wuan und de Famülie Windbichler, do hod er glaubt, er muass in Tschango spün, bis er daun amoi sei Kotz ois a Toter mit an Packl kriagt hod und der Aufschrift „wer is da nächste?" Do hod sie daun die Reißleine zogn.
Inspektor:	Nau fesch. Und sogn´s, der Tschik, wos hod der fia a Rolle gspüt bei dera Gschicht? Klingt jo so, wia waun der do der Haundlaunger fia de Spekulanten woa.
Pensionist:	Des waß sogoa i, des hod er ma bestätigt. Weu wiri scho gsogt hob, wauna fett woa, isa redsölig wuan und waun man zufällig verstaunden hod, woas gaunz interessant. Er hod immer wos von „linke Hund", „vasprechen und ned hoitn" und so gred.
Inspektor:	Klingt jo grod aso, wia waun´s den Tschik am End daun söba glinkt hätten.

Tratschweib:	Jo, genauso hättat i des a gsegn, es is a immer wieder a Nauman gfoin, irgendwos mit Bertl oder so.
Fr. Swoboda:	So, do haum´s de Listen.
Inspektor:	Listen tu mi, wia da Engländer sogt.
Fr. Swoboda:	Wer sogt wos?
Philosoph:	*(Nach oben gerichtet)* Das Opfer vergisst nicht so schnell, wie der Täter!
Prolet:	Wos sogt a?
Inspektor:	Wurscht, oiso des ois is sehr interessant. *(Sich wieder zum Lackaffen wendend)* Sogn´s, wia haßen sie eigentlich?
Lackaffe:	Kretschmer.
Inspektor:	Und mitn Vuanauman?
Lackaffe:	Meine Freunde nennen mich Joe.
Inspektor:	Wenn i irrtümlich den Eindruck vermittelt hätt, dass i ihna Freind bin, daun tuat ma des lad. Und wia haßens bei de Ned-Freind?
Lackaffe:	*(Ganz leise in ein Taschentuch murmelnd)* Norbert.
Inspektor:	Des hob i jetzt akkustisch ned gaunz verstaunden, kenntns so freindlich sei, des Rotztiachl weg gebm und no amoi

	ihren Naumen sogn? Oiso den fia de Ned-Freind.
Lackaffe:	*(Etwas resignierend)* Norbert.
Inspektor:	Geh hea auf. Norbert, a schena Naumen. Loßt si wunderboa obkürzen *(geht ganz nah zum Lackaffen hin)* auf Bertl vielleicht?

(Ein Raunen geht durch die Menge)

Lackaffe:	Hören sie auf, das ist ja lächerlich. Wissen sie, wie viele Bertl es gibt, Hubert, Herbert, Robert und von mir aus auch Norbert, aber das sind doch reine Zufälle. Sie konstruieren sich da mutwillig was zusammen.
Inspektor:	Finden´s? Und wos warat, wenn ma a Verbindung herstöhn kunntn zwischen Ihna und der daumoligen Immobilienfirma? Des is a Telefonat mit de Kollegen, a dafia haumma unsere Spezialisten. No dazua, wenn´s do a Polizeiakte gibt und daun schau ma a bissl in´s Grundbiachl wem die Bude jetzt gheat und wer durt oabeit oder goabeit hod und daun schauma a bissl ins Firmen-

	biachl und daun haumma immer no ned geamtshandelt. Und waun ma daun drauf kumman, dass uns jetzt auglogn haum, daun gengan's auf olle Fälle in Bau, ob's jetzt wen daschlogn haum oda ned.
Lackaffe:	Hören sie auf, ich hab's verstanden. Ja, ok, ich bin der besagte Bertl. Ich kann das erklären.
Studentin:	Sie miese Immobilien Sau.
Pensionist:	So a Gsindl hätt ma fria aufknipft.
Fr. Swoboda:	Schenian's ihna - do mochen's auf elegant und auf Wöd und hinterrucks stessns Leit von Stiagn owe und vertreibn sas aus ihre Wohnungen, damit sas daun teira wieder verdrahn kennan. Pfui.
	(Spukt dem Lackaffen vor die Füße)
Inspektor:	Jojo, jetzt beruhigts eich, wir kennan jo no goa kane Details.

(Plötzlich hüpft Forrest wieder herum und singt, plötzlich wird es still und jeder hört genau hin, was er singt)

Inspektor:	Wos is?
Tratschweib:	Nau vielleicht singt er wieder irgendwos, wos wichtig is, so wie vuaher,

	vielleicht waß er jo wos, derf ma ned unterschätzen so Deppate.
Pensionst:	San jo so Trotschweiba ned unähnlich.
Forrest:	Tirili, ich hab noch einen Koffer in Berlin, tirili.
Fr. Swoboda:	Wos sogt a? An Koffer hoda in Berlin? Ah, des is sicher des Göd, des fia de Oblöse der Mieter gedocht woa oder des hod si irgenda aundra Koffer eignaht. Ana aus Berlin, weu de Deitschen san jo iwaroi.
Prolet:	Vielleicht hod a nur irgendwer an Koffer obgstöht *(macht dazu ein flatulenzähnliches Geräusch)* pfrrrrr, hähähä.
Lackaffe:	Ich ergebe mich, ich halte diese Idiotie nicht länger aus, ich erzähle ihnen alles, was ich weiß und dann machen sie damit, was sie wollen.

12. Szene

Inspektor:	Nau oisdann, geht doch, unsere Foltermethoden san a ned schlecht, gö?
Lackaffe:	Ja, in der Tat, sie könnten mit der Truppe in der Immobilienbranche einsteigen.

Prolet:	So a Kompliment hob i a scho laung ned gheat.
Pensionist:	Woa jo a kans, eigentlich sogta, dass mia olle Trottln san.
Prolet:	Wos, des hod der gsogt?

(Will schon aufreiben, wird aber vom Inspektor zurück gehalten)

Inspektor:	Ruhig, Brauner, des mochma aundas.
Tussi:	Eine Frage, worum geht ef da eigentlich?
Pensionist:	Tram weida, Trutschn.
Inspektor:	Oiso Herr Bertl - jetz von Aufaung au, wos hod si do obgspüt in dera Hittn, wo da Tschik sei Trafik ghobt hod?
Lackaffe:	Ok, die Kurzversion. Ich arbeite als Prokurist bei einer deutschen Immobilienfirma …
Fr. Swoboda:	Nau hobis ned gsogt? De Piefke woans, de san iwaroi.
Lackaffe:	*(Ignoriert diese Aussage)* … die sich darauf spezialisiert hat, alte Zinshäuser anzukaufen, abzusiedeln, herzurichten und neu zu vermieten oder zu verkaufen.
Inspektor:	Abzusiedeln haßt: Leit ausse ekeln,

	oda?
Lackaffe:	*(Etwas peinlich berührt)*
	Na ja, ekeln, ... aber im Prinzip ja.
Pensionist:	A so a Oa...
Inspektor:	Jo, des haumma scho ghobt - wie geht ma do in der Praxis vua?
Lackaffe:	Naja eigentlich muss das nicht immer zwangsläufig dreckig ablaufen, in den meisten Fällen einigt man sich sogar gütlich bei der Ablöse.
Inspektor:	Und wenn ma si ned gütlich einigt oder wer partout ned ausse wü?
Lackaffe:	Ein völlig leeres Haus hat einen ungleich höheren Wert, weil man dann bei den Umbauarbeiten Vollgas geben kann, drum versucht man mal, alle raus zu bekommen, die Bandbreiten der Handlungsalternativen sind dabei sehr volatil.
Prolet:	Wer is wos?
Lackaffe:	Egal, jedenfalls war das Objekt, wo die Trafik drinnen ist, sehr interessant und wir haben versucht, es leer zu bekommen. Und wir versuchen zudem immer, einen Mieter unseres Vertrauens zu bekommen, der vor Ort in unserem Sinne wirkt.

Inspektor:	Des haßt, den Tschik haums kauft und der hod de Leit attackiert.
Lackaffe:	Fast - wir haben ihm Geld gegeben, damit er in unserem Sinne auf die Leute einwirkt, es war nie die Rede, dass er gewalttätig wird. Und am Ende sollte er dann selber ausziehen mit der doppelten Ablöse wie die anderen.
Prolet:	A so eine Oaschpartie, heast. Unserans strampelt si o und de Ogschleckten kassieren dadurch, dass Leit auf´d Stroßn schmeissen.
Lackaffe:	Naja, so ist es ja auch wieder nicht. Der Tschik hat übertrieben und zum Schluss ist er geldgierig geworden und wollte die doppelte Ablöse wie vereinbart.
Fr. Swoboda:	Und drum hod er steam miassn, gebn sas zua!
Tratschweib:	Mörderbagasch!
Pensionist:	I kragel eam o.
Tussi:	Fagt, wer hat eine Trafik?
Studentin:	Da sieht man wieder, wohin uns der Kapitalismus führt - zu Elend, Mord und Totschlag, wir leben in einer völlig entsolidarisierten Gesellschaft, wo jeder nur auf seinen eigenen Vorteil

	schaut und niemand mehr wen an sich heranläßt.
Tratschweib:	In seina Hapfm zum Beispü gegen des grausliche Kapital, gö Pupperl?
Inspektor:	Aus jetzt, mia san no ned fertig mit der Gschicht. Oiso der Tschik hod si daun gweigert, sei Lokal gegen die vereinboate Summe zu verlossen, richtig?
Lackaffe:	Genau.
Inspektor:	Und er woit mehr Göd haum, des woitn oba sie oder ihr Partie ned zoin.
Lackaffe:	Richtig, das hätte unsere Kalkulation durcheinander gebracht, wir hatten ohnehin schon unkalkulierte Zusatzkosten aufgrund der Eigenmächtigkeiten vom Tschik. Die haben wir ihm teilweise auch abgezogen von seinem Anteil, drum hat er vielleicht gemeint, wir hätten ihn betrogen, es war aber de facto umgekehrt.
Inspektor:	Nau des is jo a wunderboares Mordmotiv, finden´s ned?
Lackaffe:	Nein, nicht wirklich, denn notfalls hätten wir halt den Typen mit seiner Trafik unten drinnen gelassen, wäre auch kein Malheur gewesen.
Inspektor:	Naujo, oba fia de Gesaumtkalkulation

	warat des ned optimal gwesen, stimmts oder hobi recht?
Lackaffe:	Naja, ein bisschen, aber keine Summe für einen Mord.
Junger Mann:	Wie hoch wäre denn die Summe, wo Mord ein Thema werden könnte?
Inspektor:	A do schau her, der Herr Ägypter möd si a wieder zu Wuat. Bei Mord werma munter, gö? So a Oat Reflex, ned woa?
Junger Mann:	Wissen sie, was ich an ihnen bewundere?
Inspektor:	Nau wos?
Junger Mann:	Nichts.
Inspektor:	Heast, hoits mi zruck, so eine Rotzpippm, nau woat nur, mia san no ned fertig mit de Ermittlungen, du kummst a no drau und bis jetzt hob i no bei jedem wos gfunden!
Philosoph:	*(In sich versunken)* Bittet, so wird euch gegeben, suchet, so werdet ihr finden, klopfet an, so wird euch aufgetan.
Inspektor:	So, gaunz zfrieden bin i no ned, heans. Irgendwos föht ma do ausse, des hod no a Gschmackerl, oba i kumm ned drauf.
Forrest:	Tirili...und gegenüber ist ein Haus, da

	sieht es bald genauso aus...tirili.
Inspektor:	Wos hoda gsogt? Na genau, ich Depp ich.
Prolet:	Sie san a Teppich?
Inspektor:	Trottl!
Prolet:	Sie san a Trottl?
Inspektor:	Heans! Jetzt bin i duat, sie Herr Bertl, passens auf, wos i ihna jetzt sog. Der Tschik, der hod jo de Trafik in der Hittn gegenüber ghobt, ned woa?
Lackaffe:	Das haben wir denke ich schon geklärt, sie scheinen ein wenig vergesslich zu sein.
Inspektor:	Nananana, i wü wo aundas hi, und gwohnt hod er oba do in dera Hittn, ned woa?
Lackaffe:	*(Wird sichtlich ein wenig nervös)* Ich denke schon.
Inspektor:	Sie denken scho, nau des gfreit mi. Wos warat - nur so a Gedaunke - waun der Tschik ursprünglich ned nur den Auftrog ghobt hod, drüben beim Obsiedeln zu höf'm, sondern a do in dera Hittn de Leit ausse beissen soit.
Lackaffe:	Reine Theorie.
Inspektor:	Und wias gmerkt haum, dass si den ned dabändigen kennan, weula si ned

	aun Vereinboarungen hoit und durch seine unbeherrschten Alleingänge nur no mehr Schoden auricht und daun am End trotzdem wieder in seiner Wohnung do drinnen bleibt, daun hobts eam daschlogn.
Lackaffe:	Interessanter Ansatz, aber wie gesagt, wenn die Hütte nicht ganz leer wäre - auch kein Problem.
Inspektor:	Na des glaub i in dem Foi ned, se woan dem Tschik ausgeliefert, der hätt ihna des Projekt do blockiert bis zum Sankt Nimmerleinstog. Weu a Trafik unt im Erdgeschoss ok, oba a Wohnung mittn drin, no dazua waun er si daun auf die Seitn der aundan schmeißt, weula von drüben sei doppelte Obfertigung ned kriagt, des hätt kann schlaunken Fuass gmocht, hob i recht, oda hob i recht?
Tratschweib:	Oba hallo, heast, der Herr Inspektor wochst iwa sich hinaus, is der verkabelt und es sogt eam a Polizeischüler ei?
Inspektor:	Und aus dem Grund haums eam ausn Verkehr ziagn miassn, damit, wia si so sche sogn, die „Kalkulation" wieder passt.
Fr. Swoboda:	Jo wirklich woa, pipifein aufzogn, des

	Gspü.
Lackaffe:	Die Sache hat nur einen Haken, das sind alles nur Vermutungen.
Inspektor:	Schauns, soi ma wirklich ausheben lossen, wem die Bude do aktuell gheat?
Lackaffe:	Sie werden im Firmenbuch nichts finden.
Inspektor:	Uups! Do is ana oba ziemlich guad informiert. I nehm amoi au, si oabeiten liaba über Treuhänder und treten ned söba in Erscheinung. Oba i sog ihna ans - des is Ermittlungsoabeit für Lehrling, des dauert 5 Minuten und wir wissen ois. Und a do gilt - jetzt auliagn und daun aufblattlt wean is ned so günstig.
Lackaffe:	*(Lässt resigniert den Kopf hängen)* Ja, sie haben recht, genau so war´s, haargenau so, Respekt.
Inspektor:	Dann haben wir ein …
Die ganze Gruppe im Chor:	Mordmotiv!

(Es wird gejohlt und getanzt, man gived sich five und hüpft um den Lackaffen herum, man macht sich schon auf, die Szenerie zu verlassen)

Lackaffe: Aber ich hab ihn nicht umgebracht.

(Es wird schlagartig ruhig)

Prolet:	Wos is?
Lackaffe:	Ich hab ihn nicht umgebracht.
Inspektor:	Des is oba jetzt a Spaßerl, oder?
Lackaffe:	Nein, ich war´s nicht, tut mir leid. Ich muss gestehen, mir kommt sein Ableben nicht ungelegen, aber ich habe nichts damit zu tun.
Prolet:	Na Oida, jetzt geht ma des Gaunze oba sche laungsam am Zaga.
Junger Mann:	Schon blöd, gell? Ein Toter und eine Vielzahl von potenziellen Mördern.
Pensionist:	Und bei eich daham im Busch is grod umgekehrt.
Inspektor:	Ka Geständnis?
Lackaffe:	Keine Chance!
Inspektor:	Pff, so pipifein hätt i des eigfadlt, des tät hoagenau passen, nau guad, daun leg ma des amoi ob für die zweite Runde, mia san jo e no ned olle durch, ned woa? Wen haumma denn do no?

13. Szene

(Der Inspektor schaut prüfend in die Runde, im Hintergrund schlägt Forrest Purzelbäume, der Philosoph sitzt mit dem Gesicht zur Wand in Denkerpose und die Tussi feilt immer noch an ihren Nägeln herum)

Inspektor: Na, de Tussi tua i ma jetzt ned au, vielleicht ergibt si jo vuaher no wos Konkretes.

(Blickt weiter, es stehen somit nur noch der junge Ägypter und die Fr. Swoboda zur Auswahl; der junge Mann hält selbstbewusst den Blickkontakt, die Swoboda bohrt genüßlich in der Nase)

Inspektor: Moizeit, Frau Swoboda, schicken´s ma a Postkoatn, waun´s omman san?
Fr. Swoboda: Wos is?
Inspektor: Na weu´s so genüßlich ummadum rammeln.
Prolet: Rammeln, hehehe, kauni ma ned wirklich vuastöhn bei dera.
Inspektor: Nau sogns des ned, do kennt i ihna Gschichten dazöhn.
Lackaffe: Nein, bitte nicht, dann lieber lebenslänglich!

Assistent:	*(Nimmt Haltung an und brüllt)* Herr Bertl, ich verhafte sie wegen Mordes an ...
Inspektor:	Heans sans ned immer so deppat, des woa a Schmäh, haums des ned gmerkt?
Assistent:	Ach so.
Inspektor:	Oiso Frau Swoboda, weus grod passt, de Haund brauchma uns e ned gebn, gö? Wa ma sehr recht, oba setzen´s ihna do her, bittschen. *(Blickt etwas angeekelt auf die Hand von Fr. Swoboda)* Sogn´s - wöche Beziehung haum si eigentlich zu dem Trafikanten ghobt?
Fr. Swoboda:	I? Nau goa kane! Wos fia a Beziehung manan se?
Tratschweib:	Nau obst mit eam zsaum woast.

(Swoboda holt gerade Luft, als der Inspektor drein fährt)

Inspektor:	Na, ned, obs mit eam zsaum woan. Ma kaun a mit wos in ana Beziehung sei, ohne dass ma zsaum is.
Tratschweib:	Aso? Wos zum Beispü? Bei mir woas immer so, dass immer wenn i mit wem

	in ana Beziehung woa, daun woa i mit dem a zsaum. Immer. Kaun mi ned erinnern, dass i amoi mit wem zsaum woa und des woa ned a Beziehung, höchstens amoi, des woa da Fraunz, do woa des so ...
Inspektor:	Heans! Vergessen´s des, mochma´s aundas: Frau Swoboda - haum se den Tschik kennt?
Fr. Swoboda:	Jo, sicher, i hob eam jo sofuat erkaunnt, wia´s eam ausn Schutt ausse zaht haum, erinnern´s ihna nimmer? Daun haum´s oba a a schwoches Gedächtnis, heans und soitn ihna amoi durchchecken lossn auf Alzinger oder so.
Inspektor:	Na, gmant hob i, ob´s eam näher kennt haum, jetzt stöhns ihna ned so deppat.
Fr. Swoboda:	I stöh mi ned deppat.
Prolet und Pensionist unisono:	De is so deppat.
Fr. Swoboda:	Passts nur auf, es zwa Dawidudln, i reiß eich glei den ...
Inspektor:	Aus jetzt! Frau Swoboda - haum´s den Tschik jetzt näher kennt oda ned? Haums mit dem scho amoi mehr ztuan ghobt außer de branchenüblichen Observierun-

	gen, na des letzte Wuat vergessens …
Fr. Swoboda:	Scho gschegn, i waß e ned, wos des haßt.
Inspektor:	Oiso außer de üblichen Spionagetätigkeiten ihrerseits.
Fr. Swoboda:	Na, goa nix, i kenn eam nur vom Beobochten.
Inspektor:	Frau Swoboda, wissen´s wos mi wundert?
Fr. Swoboda:	Bin i a Höseher?
Inspektor:	Frau Swoboda - I man, se san jo immer so guad informiert und kennan olle Leit, wissen von olle ois, hängan jeden glei a Goschn au und beobochten togaus togei, ob si in der Gegend irgendwos tuat, wos ned ihren Vuastöllungen von Sitte und Aunstaund entspricht. Oder täusch i mi do?
Fr. Swoboda:	Na, so in etwa kennt ma des durchaus sogn.
Inspektor:	Guad. Worauf i ausse wü is - irgendwia kummt ma des komisch vua, dass sie mit dem Tschik, der, noch dem, wos mia do scho ois über den gheat haum, no nie wirklich hängat wuan san. Des gibt's jo ned.
Fr. Swoboda:	Nau wiaso denn ned, der woa jo immer

	freindlich und einschaun kaunma jo ned in an Menschen.
Inspektor:	Segns, genau des hob i gmant. Se haum scho a vuagfosste Meinung über an Menschen, do hod der ned amoi no a Wuat gsogt oder do haums den ned amoi no gsegn, weula erst in 10 Minuten um die Eckn kummt. Und bei dem Tschik, der offenboa ana der miesesten Typen im gaunzen Grätzl woa und den a jeder, a der Gutmütigste, am liabsten okragelt hätt, do sogn sie sowos von tolerant und wödoffen, „ach, man kann doch nicht in den Menschen hineinschauen". Oba se san a Leitvernaderer und Leitaufhetzer, samma si ehrlich, sie brauchen goa ned in an Menschen eineschauen, des interessiert ihna a goa ned, sie brauchen a Story und de muass schiach sei und de Leit aupotzn, des is ihna Wöd. Des passt ned zsaumm!
Fr. Swoboda:	*(Bleibt erstmals der Mund offen)* Nau gehn´s heans, sie san oba grauslich.
Pensionist:	Bravo Inspektor, bravo. Genau so

	gheat des, jawoi. Ohne Kameradschaft ka Gemeinschoft.
Inspektor:	Und si hoitn am besten gaunz schnö de Pappm.
Pensionst:	*(Kleinlaut)* I hob jo nur gmant.
Inspektor:	I a, so, weida im Text. Oiso der Tschik woa oiso immer freindlich und si haum nie Bresln ghobt mit eam.
Fr. Swoboda:	Jetzt haum sas erfosst.
Inspektor:	Heans ma auf, des is doch a Schmäh. Des siech i doch aus der Distanz. Außerdem wissma des von der Ausbüdung. Leit, de liagn, denan föht des rechte Uawaschl.

(Fr. Swoboda greift irritiert nach ihrem rechten Ohr)

Prolet:	Ma is de deppat, des warat ned amoi mir passiert.
Inspektor:	Frau Swoboda, wos samma denn so nervös? Wauns um aundere geht, samma jo a ziemlich entspaunnt. Haumma vielleicht a Klanigkeit vergessen zum Erwähnen?
Fr. Swoboda:	Na, nix hob i vergessen, i bin jo ned deppat. Und des mit'n Uawaschl woa a

	Schmäh, gö?
Inspektor:	Blitzgneisser!
Fr. Swoboda:	Hob i glei gwusst, i woit ihna nur a Freid mochen, drum hob i mit gspüht.
Inspektor:	A e, nau daun frog i ihna no amoi - haums mit dem Tschik a bissl näher ztuan ghobt oder ned?
Fr. Swoboda:	Na, nie, überhaupt ned.
Inspektor:	*(Zum Assistenten)* Sie schreiben e mit, gö? Und Zeugen waratn a gnua do, i sog´s nur. Wissen´s wos? Des hod vuaher scho funktioniert, des wird a jetzt funktionieren, i frog wieder amoi is Publikum, wia bei der Millionen Show.
Fr. Swoboda:	Des kennans ruhig mochen, de hob i im Griff, do traut si kana wos Schlechts sogn, gö? *(Schaut streng in die Runde)*
Inspektor:	Nau dass ihna do ned täuschen. Und wissen´s wos? I hob no ned amoi ois aus der Trickkistn auspockt, weu´s no ned notwendig woa, oba nur so vü, der stärkste Trumpf is no im Ärmel.
Fr. Swoboda:	*(Spielt die Gelangweilte)* Und wos soi des sei?
Inspektor:	Die anonyme Umfrage. Sie glauben goa

ned, wos do ois kummt, waun de Leit anonym aundre Leit verhetzen kennan. Des is, wia waun des eana größter Spaß warat. Do kaumma aundre Leit so richtig eitauchen, oba so gaunz tiaf. Und daun wean aus der Deckung Schüsse obfeiert wia zu Süvester. So is der Mensch.

Des Anonyme funktioniert immer, do kummt meist mehr ois stimmt und wos notwendig is. Und des mochma immer daun, waun ana vua an aundan oder ana Gruppm si a bissl schwa tuat mit da Woaheit. E verständlich anaseits.

Fr. Swoboda: Bledsinn, wos soi do ausse kumman. Wia si sogn, höchstens a Vernaderei.

Inspektor: I sog's nua. I glaub e, dass i ohne dem a auskumm. In a poa Minuten wissmas.

Fr. Swoboda: Mia mochen sie ka Aungst, i hob den Iwareisser

Lackaffe: *(Süffisant)*
Und passen sie auf ihr Ohr auf.
(Wagt wieder einen verhaltenen Blick zur Tussi, die sich nunmehr ihren Zehennägeln widmet)

Inspektor: Nau guad. Oiso Froge aun de Runde - is jemaundem irgendwaun amoi irgendwos aufgfoin, des die Aussage der Fr. Swoboda, wonoch sie mit dem Tschik no nie wos ztuan ghobt hod, nau sog ma freindlich, in Froge stellen könnte.

(Schweigen in der Runde, die Blicke gehen allerdings nervös in alle Richtungen, man merkt eine gewisse Unruhe, bis letztlich jemand das Wort ergreift)

Pensionist:	Naujo.
Fr. Swoboda:	Stat bist.
Pensionist:	I maan…
Fr. Swoboda:	Hoit jo die Pappm, oida Depp.
Pensionist:	Oba mia haum a olle so unaungenehme Befrogungen hinter uns, es tuat ma lad, i wü mi do ned strofboa mochen, i steck e scho in der Scheisse, i brauch des ned a no.
Fr. Swoboda:	Denk aun die Rentn von da Mizzi.
Inspektor:	Oha, Fr. Swoboda, a klane Erpressung? Um wos is denn do gaunga bei der Rentn von der Mizzi?
Pensionist:	Na do woa nix.
Fr. Swoboda:	Ha, jetzt ziagst in Schwaunz ei, gö?
Pensionist:	Na, ned wirklich, i dazöh jetzt, wos i gsegn hob.
Fr. Swoboda:	Untersteh di.

Pensionist:	Oiso i hob gsegn, wia de Swoboda dem Tschik amoi de Haund gem hod, beide haum ziemlich glocht und daun hod er, da Tschick, da Swoboda a poa Gödscheine in´d Haund druckt. Des woan mindestens fünf Hundata.
Fr. Swoboda:	Von wo wüst du denn des gsegn haum, mia haum uns jo immer im leeren Haus wo die Trafik is troffen.
Inspektor:	Uups! Fr. Swoboda! Samma a bissl unkonzentriert? Wie passt denn des mit ihra Aussoge von vuaher zsaum?
Fr. Swoboda:	Herr Inspektor, i mechat mödn - dieser Herr do *(deutet auf den Pensionisten)* hot noch dem Tod seiner Frau no drei Monat ihr Rentn kassiert, des is a Verbrecher und somit ois Zeuge inakzeptabel.
Inspektor:	Nau do tuan si Sochen auf. Stimmt des?
Pensionist:	Jo des stimmt.
Fr. Swoboda:	Nau segns, hea ma auf mit dem Bledsinn.
Inspektor:	Ned guad. Oba es obliegt im Ermessen des Beamten, bei Kooperation in einem Kapitalverbrechen Zugeständnisse bei geringwertiger anderer Vergehen

	zu machen. Paragraph wswswsns nach nslnslns *(murmelt irgendwas in sein Taschentuch)*
Assistent:	Welcher Paragraph? Den kenn ich gar nicht.
Inspektor:	Pappm hoitn, is Polizeitaktik.
Assistent:	Aso. *(Will unterstützend wirken und schreit)* Genau - und auch im Vermessen sämtlicher Assistenten!
Inspektor:	*(Rollt mit den Augen, an den Pensionisten gerichtet)* Woins dazua no wos sogn?
Pensionist:	Jo, a Klanigkeit. De Oide hod a 50% von der Rentn kassiert.
Fr. Swoboda:	Verleugnung!
Philosoph:	*(Mahnend)* Schon Sophokles meinte „durch Betrug erlistet ist noch nicht gewonnen".
Prolet:	Wos sogt a?
Inspektor:	Do schau her, hob ma e scho denkt, nur so auf „i sogs e ned weida" geht do goa nix.
Fr. Swoboda:	Und wenn scho, des steht ma e zua, i hob immer ihre Bluman gossen.
Pensionist:	Gossen haumsas? Drei Moi haumsas in Hof obe ghaut und zwamoi vua de Tia

	glaht.
Fr. Swoboda:	Des woa a Versehen.
Pensionist:	A Versehen, nau genau.
Inspektor:	Nau guad, des Schiffanakl nimmt endlich a bissl Foaht auf. Oiso obgesehen von eichra gemeinsaumen Linken wos die Pense betrifft haum si den Tschik troffm und er hod eana a Göd gem.
Fr. Swoboda:	Des miassns erst amoi beweisen oder haums an Zeugen.
Inspektor:	Nau den do.
	(Deutet auf den Pensionisten)
Fr. Swoboda:	Heans ma auf, wos hätt den der dort mochen soin, wo er mi aungeblich gsegn hod?
Pensionist:	Brunzen woa i.
Inspektor:	Wos?
Pensionist:	Brunzen.
Inspektor:	Wiaso?
Pensionist:	I bin vom Brandineser ham kumman und hätts bis zu mein Häusl nimmer dazaht, do hob i ma denkt, heast de Hittn steht e laa und offen woas a und do hob i de zwa gsegn.
Inspektor:	Kennans des a vua Gericht bezeugen?
Pensionist:	Jo jederzeit.
Studentin:	Ich habe sie auch einmal dort gesehen

	- da sind sie aus der Einfahrt rausgekommen und wie sie mich sahen haben sie gesagt, „hoppla, falscher Eingang, ich wollte in die Trafik".
Fr. Swoboda:	Bledsinn.
Inspektor:	Nau guad, i tät sogn, des hoit ma amoi fest, hod no wer wos gsegn, wos in de Richtung geht?
Prolet:	Gsegn ned, oba gheat, jetzt wo sas sogn.
Inspektor:	Nau ausse damit.
Prolet:	Des is no ned oizulaung her, bin i do vuabei gaunga und do hob i a Schreierei gheat. I hob ma nix denkt dabei, weu des nix Außergewöhnliches woa. Und de Stimm hob i kennt, es woa de Swoboda, offenboa hods telefoniert und ned gmerkt, dass des Fenster offen woa.
Inspektor:	Und wos woa daun?
Prolet:	I waß ned genau, oba i hob nur so Wuatfetzn gheat wia „du Oasch, fünf Hundata hods ghassen" und „ohne mi", „ned gwusst" oder „Hua is".
Inspektor:	Oida Schwede, i hob do an Verdocht, do steign ma de Grausbirnen auf, wa interessant, waun ma wisst, mit wem´s

	do gred hod.
Prolet:	Nau des waß i scho.
Inspektor:	Wos echt? Wiaso?
Prolet:	Nau de Swoboda wohnt jo im 2. Stock und da Tschik im 4. Und de zwa haum mitanaunda telefoniert, weu de Fenster woan offen und es woa immer obwechselnd a Gschra. Es hod gaunz leise augfaungan und dann haum sa se auplärrt.
Fr. Swoboda:	Bledsinn, Vernaderei, des kennan's ned beweisen.
Inspektor:	Fr. Swoboda, hob i heit scho amoi unsere Experten von der Zentrale erwähnt? Wenn sie zwa telefoniert haum, daun wissma des in zehn Minuten. Und waun ma 20 Minuten woatn, daunn hob i vua mir a Listen über olle Telefonate, die jemois zwischen ihna und dem Tschik gfiat wuan san. Inklusive Handy, waun ans verwendet wuan is.
Fr. Swoboda:	Und wos beweist des, weu wos ma gredt haum, steht auf eanra gscheitn Listen woi sicher ned drauf?
Inspektor:	Do gib i ihna recht, oba daun haum's uns nochweislich auglogn und daun is

die Froge zulässig, warum des so ist und gemeinsaum mit de Aussogen der Aundan do gibt des a wunderboares Verdochtsbüd. Und fia des kriag i ungefähr zur söbm Zeit wia de Listn a Genehmigung, dass ma eana gaunze verlauste Bude so richtig am Kopf stöhn. Verstengan´s mi?

(Fr. Swoboda schluckt und wird unsicher)

Inspektor: Und de Kollegen san guad und de san jung und hungrig, de brauchen Erfoigserlebnisse und de wean jedes Futzerl untersuachn und wenn´s a Verbindung zwischen ihna und dem Tschik gibt, daun wird ma de finden.

Fr. Swoboda: Bei mir weans nix finden.

Inspektor: Vuasicht, sog i nur, Vuasicht. Irgendwo a Fingerobdruck von eam, a Notiz am Kalender, a Aufzeichnung, a Büdl, wos a immer, *(erhebt staatstragend den Zeigefinger)* - eine Unachtsamkeit. Wenns do wos gebm hod, daun wird ma´s finden. Und no wos:

Mia schaun ned nur bei ihna noch, mia schaun a beim Tschik in da Wohnung noch. Und des wissens ned, wos der ois aufhebt, wos der mitschreibt und oblegt, Drangla woara a, is a gewisse Restunsicherheit, finden's ned?

(Fr. Swoboda wird jetzt sichtlich unruhig)

Inspektor:	Und Fr. Swoboda, i bin no ned fertig. Mia haum uns eanre beiden Finanzen no goa ned augschaut. A dafia haumma Spezialisten. Des san ned de mit de Hund, do kumman aundre, de haum ziemlich vü glernt und kennan sie ziemlich guad aus und de wean si genau auschaun, wos si offiziell verdienan und wos si so ausgebm und besitzen. Haums a Bankomatkoatn?
Fr. Swoboda:	*(Sichtlich eingeknickt)* Jo.
Inspektor:	Schlecht, haum's a Kreditkoatn?
Fr. Swoboda:	*(Weinerlich)* Jo.
Inspektor:	Gaunz schlecht. Wissen's wos die Kollegen do ois ausse lesen kennan? Des bringan's mit eanan Haushoitsbiachl, sofern's ans haum, goa ned zsaum, de wissen nochher mehr über ihna, wia si söba.
Assistent:	Sie mit ihre Witz immer, hahaha.

Inspektor:	Pappm hoitn, diesmoi stimmt´s.
Lackaffe:	Es lebe unsere Polizei!
Inspektor:	Na soweit samma no ned, i brauch no de gaunze Gschicht, sunst kummt die Infantrie.
Pensionst:	*(Springt reflexartig auf, ein fiktives Gewehr in der Hand)* Jawoi, ois niedermetzeln, määäähhhh.
Studentin:	Na der hat ´nen Knall.
Inspektor:	Fr. Swoboda, schaun´s i glaub i hob´s scho amoi gsogt - i bin von der Mordkommission, ois aundre interessiert mi nur daun, waun´s der Wahrheitsfindung in mein Foi dient. Wos i damit sogn wü is - dazöhn´s afoch de gaunze Gschicht und daun schauma weida, wos des mitn Tod vom Tschik ztuan hod.
Fr. Swoboda:	*(Ist in sich zusammengebrochen)* Oiso guad.

14. Szene

Inspektor:	Geht scho. *(Zum Assistenten)* Sie schreibm e mit, gö?

(Assistent nickt und hält sich die bereits schmerzende Hand)

Pensionist: Mi interessiert normal ned, wos die oide Schasdackn so daherredt, oba jetzt bin i a a bissl neigierig.

Fr. Swoboda: Oiso i hob eam kennt, sans jetzt zfrieden?

(Das Volk gröllt und protestiert)

Prolet: De Oide muass deppat sei, mia woin ois hean.

(Stimmenchöre bilden sich)

Alle: Mia woin ollas hean, mia woin ollas hean …

Inspektor: Ruhe, so geht des ned, de gaunze Gschicht, Fr. Swoboda, sunst kummt des Militär.

(Macht noch schnell eine beruhigende Bewegung zum bereits aufspringenden Pensionisten)

Fr. Swoboda: I hob mit eam ztuan ghobt, jo. Stimmt ois, wos de Olle do gsogt haum. Da Tschik hod von irgendwem, wia ma

	jetzt wissen, von dem Ogschleckten do, den Auftrog kriagt, de Hittn wo sei Trafik is, leer z´kriagn.
Inspektor:	Jo des wissma scho, oba wos hod des mit ihna ztuan.
Fr. Swoboda:	Nau woatns, und wia ma jo a scho gheat haum, soit er a mithöfm die Bude do, wo mia drin wohnan leer zkriagn.
Inspektor:	Jo und wo is do jetzt der Zusammenhaung zu ihna.
Fr. Swoboda:	*(Senkt den Blick zu Boden und spricht leise)* I soit eam dabei höfm.
Tratschweib:	*(Entsetzt)* Swoberl, wos haßt des?
Inspektor:	Afoch nur höfm oder gegen Bares? Und wos haßt höfm genau?
Fr. Swoboda:	Gegen Marie natirle. Und i hätt eam Informationen über de Hausbewohner do liefern soin.
Pensionist:	A so a Oaschfigur.
Junger Mann:	Das ist ja wohl das Letzte!
Studentin:	Sie sollten sich was schämen, aber Moment, besteht da vielleicht ein Zusammenhang zu den Fotos, die er von mir gemacht hat?

Fr. Swoboda:	Scho meglich.
Studentin:	Von ihnen hat er den Tipp bekommen mit den, äh, Sonderdienstleistungen, stimmt´s?
Fr. Swoboda:	So isses.
Studentin:	Maaah, ich packs grad gar nicht.
Inspektor:	Fesch, des haßt sie haum eam indiskrete Informationen gebm, dafia kassiert und er hod des daun verwertet. Oder woan se do a dabei?
Fr. Swoboda:	*(Erschrocken)*
	Na in Gotts Naum, gmocht hob i nix, nur gred. Fia den Tipp mit dem Gemüse woan fünf Hundata ausgmocht, er woit ma oba nur zwa gem, drauf haumma gstrittn, des woa des Telefonat.
	Und zwischendurch hob i eam immer wieder Sochen dazöht über die Schwächen der Leit do, weu des hot eam am meisten interessiert, i waß oba ned, wos er damit gmocht hot.
Inspektor:	Oda no mochen woit, so wie i des siech, isa in die Kistn ghupft, bevuas a do so richtig unaungenehm wuan wa. Wos haum´s eam denn fia Infos sunst no gem, a poa Details brauchat i scho

	no.
Fr. Swoboda:	Na nur Klanigkeiten.
Inspektor:	Bei ihna gibt´s kane Klanigkeiten. Ausse damit, über des hod der Tschik sicher Buch gfiat, des find ma sowieso ausse. Oiso über wen haums insgesaumt berichtet?
Fr. Swoboda:	Über olle.
Tratschweib:	Swoberl!
Inspektor:	Und wos jeweus? In Stichworten.
Fr. Swoboda:	*(Wird das jetzt peinlich, ein seltenes Naturschauspiel)*
	Oiso über de Dirre do haumma e scho gred, der Tipp woa von mir.
Inspektor:	Weida, wos haums eam über ihr guade Freindin do dazöht?
	(Deutet auf das Tratschweib)
Fr. Swoboda:	Nau a bissl wos zu dera Gschicht von fria mit dem Unfoi vom Oidn und so.
Tratschweib:	Swoberl!
Inspektor:	Und über den jungen Mann da?
Fr. Swoboda:	Irgendwos mit seine Papiere, i waß nimmer gaunz genau, oft red ma jo nur wos daher, i bin jo normal ned so, oba es is jo a um Göd gaunga.
Inspektor:	*(Zum jungen Mann)*
	Uhh, des klingt oba a no interessant,

darüber weama uns später no a bissl genauer unterhoitn, sie föhn ma e no auf meiner Listn, neben dera Trulla do.

(Tussi wischt sich gerade mit dem Tischtuch die Füsse ab)

Junger Mann:	Sie Vernaderin.
Inspektor:	Und über den oidn Kriegsveteranen do?
Fr. Swoboda:	Nur dass i glaub, der is zu an Mord a fähig und waun do wos gwesen warat im Kriag, daun soit er do aufpassen bei dem.
Pensionist:	Du Sau!
Inspektor:	Und fia jeden Tipp haums wos kriagt?
Fr. Swoboda:	Jo.
Inspektor:	Wüvü?
Fr. Swoboda:	Amoi in der Wochn hauma uns troffm hinter seina Trafik, do hob i eam ois erzöht und hob an Hunderter kriagt, nur fia den Tipp mit da Hua woit i mehr, weu de is jo wirklich pipifein, finden´s ned?
Assistent:	Erstklassige Recherche.
Inspektor:	Hoitns die Pappm, und hättens pro Auszug a no wos verdient?

Fr. Swoboda:	Jo.
Tratschweib:	Swoberl!
Inspektor:	Wüvü.
Fr. Swoboda:	An Tausender pro Auszug.
Tratschweib:	Swoberl!
Fr. Swoboda:	Und a pipifeine Wohnung fia mi, waun i daun a geh.
Tratschweib:	Wos wa mit mir wuan, Swoberl?
Fr. Swoboda:	Waß i ned, is ma wurscht.
Tratschweib:	Swoberl! Du oide Drecksau.
Inspektor:	Und wia is des ois do daun weida gaunga?
Fr. Swoboda:	Do hob i kann Einblick ghobt, i hob nur gmerkt, dass do mit seine Auftroggeber Wickel gebm hod, so wia wauns eam nimmer haum woin fia de Hockn. Er hod daun a immer wieder wos gsogt von wegen „mit mir ned" und „denan wird i´s zagn" und „i wird ois aun die große Glocken hängan und olle auffliegn lossn".
Inspektor:	Ah, jetzt wird's fia uns wieder interessant. Olle auffliagn lossn woit er? Do waratn si ober a glei a Runde mit gflogn, ned woa?
Fr. Swoboda:	Des kunnt so sei.
Inspektor:	Jo, Bingo, somit Frage an die Gruppe,

	was haben wir da? Ein…
Alle:	Mordmotiv!

(Alle springen wieder erfreut auf, man hört ein „sodale, auf geht´s", „foama eia Gnoden", „jetzt oba hurtig", doch plötzlich…)

Fr. Swoboda:	I woas oba ned, tuat ma lad, wenn i die guade Stimmung do jetzt stean muass, oba i woas ned, i hob eam ned daschlogn, obwohl er ma ned lad tuat.
Prolet:	Na ned scho wieder, immer steß i waun sowos kummt mei Bier auf Ex obe und daun is immer no ned aus. Jetzt hob i daun scho boid an ziemlichen in da Krone.
Tussi:	Find wir fon fertig? Wiederfehen.
Pensionist:	Bleib sitzen Trutschn.
Inspektor:	Ja, meine Herrschaften, wia haum zwoa jede Menge Verdächtige, oba niemaund is geständig, es tuat ma lad. Oba mia san jo e no ned gaunz fertig, der Fairness und der Vollständigkeit hoiba waratn no zwa Leit zum Verhören.
Tratschweib:	Wieso nur zwa?
Inspektor:	Nau den Forrest und den Philosophen

	loss i amoi außen vua, des sogt ma mei Instinkt.
	(Und zu beiden hin rufend)
	Gö´ds Burschen, tat´s mi e ned entteischn?
Philosoph:	Schon Goethe meinte „Toren und Genies sind gleich unschädlich. Nur die Halbnarren und Halbweisen, das sind die gefährlichsten".
Forrest:	Tirili...ein Männlein steht im Walde...tirili.
Prolet:	Woa des jetzt a Bledsinn oda wos Gscheits? Bei dem waß ma nie. Vielleicht hod er den Mörder jo gsegn, gibt´s do in da Näh an Woid?
Inspektor:	Aus meiner beruflichen Erfoahrung is a schmoler Grat zwischen deppat und gscheit, ma soit mit sein Urteu vuasichtig sei und a a erster Eindruck täuscht oft.
Prolet:	Wos i oiweu sog, unterschätzts mi ned.
Tratschweib:	Maunchen siecht mas oba a scho aus an Kilometer Entfernung au, dass Trottln san und je mehr mas kennt, desto stärker wird der Eindruck, gö mei schlichter Fuassboller.
Prolet:	Wos haßt?

Pensionist:	I muass a sogn, mir is no kana unterkumman, der so a schiefes Idiotenkappe aufghobt hod und ka Trottl woa.
Prolet:	Wos haßt?
Pensionist:	I mog Vorurteile, bei mir is amoi jeder am Aufaung a Trottl und er muass si auffe oabeitn oder er bleibt ana.
Prolet:	Wos haßt?

15. *Szene*

Inspektor:	So, Freunde, tamma weida. Wem hauma do?

(Blickt sich um, sein Blick bleibt bei der Tussi hängen, die gerade mit ihren Zehen spielt)

Inspektor:	Heans, wos mochen sie do?
	(Keine Reaktion)
Pensionist:	I glaub, die spüht mit die Zechen Domino.
Inspektor:	Hallo, Erde an Dumpfbacke, bitte melden!
Tussi:	Fprechen fie mit mir?
Inspektor:	Jaha.
Tussi:	Oh, tut mir leid.

Inspektor:	Kumman´s amoi zu mir do her, mia zwa Hübschen miassn uns jetzt amoi a bissl unterhoitn.
Tussi:	Ich komme.
Prolet:	Pfau, wie geil des klingt.
Tratschweib:	Jössas, jetzt geht die Brunftzeit wieder los, passts auf, glei wochst der Ogschleckte a wieder zuwe.
Lackaffe:	Hallo schöne Frau…
Tratschweib:	Do isa scho.
Studentin:	Gut, das war aber jetzt nicht schwer.
Inspektor:	Oiso, Gnädigste, sie woan jo in letzter Zeit ziemlich ruhig, haum´s an Stress ghabt mit ihre Nägel gö?
Tussi:	Ja daf war voll arg, zuerft ift mir der eine abgebrochen, dann der tfeite und dann …
Inspektor:	… der dritte, i kaun ma des vuastöhn. Oba mia miassn uns über wos aundas unterhoitn. Haum sie in etwa mitkriagt, um wos do geht genau?
Tussi:	Genau nicht, hihihi.
Inspektor:	Oiso, es is a Toter gfunden wuan.
Tussi:	Der mit der billigen Uhr, daf weif ich.
Inspektor:	Guad, und mir san drauf kumman, dass der Herr ned sonderlich beliebt woa und eigentlich zurecht, jeder von do

	hätt eigentlich a Motiv, eam den Schädel einzuhauen.
Tussi:	Na geh, ur grauflich, wer macht fowaf - da kannft dir ja ure daf Gwand fmutfig machen und an die Nägel möchte ich gar nicht denken.
Fr. Swoboda:	De spüt gut de Roin, lossen's ihna ned teischn, Hr. Inspektor - und immer aufpassen, dass gnua Bluat in's Hirn kummt, gö?
Inspektor:	Hallohallo, i hob ois im Griff.
Prolet:	*(Lechzend)* Griff, hähähä.
Inspektor:	Im Gegnsotz zu dem Ferngsteiatn, oba der fiat e ned die Ermittlungen, oiso Allerwerteste.
Pensionist:	Wia des klingt, Allerwerteste, wia Oa...
Inspektor:	A Ruah is jetzt, also: Haum si den Totn kennt? Tschik hod ma zu eam gsogt und do drüben hod er a Trafik ghobt. Sie wohnen zwoa ned in dem Haus do, oba vielleicht kummans jo öfta in die Gegend und haum den kennt?
Tussi:	*(Kurz angebunden)* Nein, kenn ich nicht, kann ich jetft gehen?
Inspektor:	Momenterl, wiaso so hektisch? Sogn's wos mochen sie eigentlich beruflich?
Fr. Swoboda:	I tipp auf a Kollegin von dem Sojastangl

	do.
Inspektor:	Heans!
Fr. Swoboda:	Woa jo nur a Vadocht, so wia de aufbrezlt is, und deppat is a, wissen´s e, wos ma iwa de sogt, nämlich …
Inspektor:	… jo i waß e, daspoan´s uns des. *(Zur Tussi)* Oiso, was mochen´s?
Tussi:	Ich bin Modell.
Inspektor:	A e, und wos modellns so, fia Gwand?
Tussi:	Nein eher für ohne Gwand, hihihi, ich mein, mit nicht viel Gwand.
Prolet:	Pfau oag.
Inspektor:	So Bademoden oder so an Schas?
Tussi:	Nein, ich muff mich mehr bewegen
Prolet:	Ma, i hoits ned aus.
Inspektor:	Wie bewegen, am Laufsteg auf und o renna oda wia?
Tussi:	Nein halt fo verfiedene Fachen halt.
Inspektor:	Verschiedene Sachen - a e, geht's no a bissl ungenauer? San si do alla oder mehrere?
Prolet:	Pfau oag.
Tussi:	Meiftenf find noch andere dabei, einer oder tfwei, nur felten niemand.
Inspektor:	Männer oder Frauen?
Tussi:	Ja.
Prolet:	Pfau oag.

Inspektor:	Was heißt ja?
Tussi:	Na manchmal Männer, manchmal Frauen und manchmal alle tfufammen, hihihi.
Inspektor:	Und des wird daun aufgnumman oder so?
Tussi:	Ja richtig, hihihi.
Inspektor:	Und wo kann man sich das dann anschauen?
Prolet:	Des tät mi a irrsinnig interessieren.
Tussi:	In fo Magatfinen halt.
Inspektor:	Filmen a?
Tussi:	Nein, keine Filme, weil ich mir keine Texte merken kann, hihihi.
Tratschweib:	Wos fia Texte bitte.
Inspektor:	Ok, oiso um des zusammen zu fassen - sie san, na sog ma´s freindlich - Akt Modell, i glaub des triffts im woasten Sinn des Wortes am besten.
Tussi:	Ja.
Prolet:	Akt Modö, leiwaund.
Inspektor:	Und haums den Toten gekannt?
Tussi:	Nein.
Inspektor:	Aber der hat doch eine Trafik gobt.
Tussi:	Ja und?
Inspektor:	Und sie san scheinboa öfter in der Gegend.

Tussi:	Manchmal, weil dort drüben das Fotostudio ist.
Prolet:	Wo, wo, wo?
Inspektor:	Nau und woan se maunchmoi in der Trafik do drinnen?
Tussi:	Hmm, könnte fon fein, ja. *(Denkt angestrengt nach)*
Inspektor:	Warum?
Tussi:	Gelegentlich kauf ich mir fo Fofeiiti Hefte.
Inspektor:	Fofeiiti? A, Society, nau daun haums den Toten jo doch kennt, der woa nämlich der Trafikant, so, jetzt haumma ihna, auglogn, sehr verdächtig!
Tussi:	Ach fo daf war der? Tut mir leid, den hab ich nicht erkannt jetft, der hat fonst immer fo riefige Augen gehabt und einen offenen Mund und hat mit der Tfunge fo komif gefpielt, wie fonst immer meine Arbeitfkollegen.
Prolet:	Nau bist du deppat.
Inspektor:	Und kaun es sei, dass de Heftln, wo se drinnan san, a in der Trafik zum kaufen woan?
Tussi:	Hmm, könnte fein, ja.
Inspektor:	Nau oisdann *(triumphierend)*, wieder einmal hat professionelle Polizeiarbeit

	zum Ziel geführt, jetzt is ois kloa.
Tussi:	Waf denn?
Prolet:	Tra-fik, hähähä.
Inspektor:	Gebn's a Ruah, i glaub, i waß, wos do los woa. Da Tschik, der oide Geilspecht hod seine Schmuddlheftln söba a glesen und wiara ihna do bedient hod …
Prolet:	Bedient hod, hähähä.
Inspektor:	Kaumma den brünftigen Trottl vielleicht am Kopf stöhn, damit eam des Bluat wieder in's Hirn, oder sog ma sicherheitshoiba, in Schädl, rinnt? Is jo ned zum Aushoidn. *(Wieder zur Tussi)* Oiso, wiara ihna be.., oiso wiara ihna de Zeitschriften gebm hod, do hod er ihna erkaunnt und jetzt kummts, er hod ihna damit erpresst, jawoi. Und somit haumma jetzt wieder ein …
Alle:	Mordmotiv!

(Jubel in der Menge, es wird abgeklatscht, der Inspektor wird durch den Saal getragen, man prostet sich zu, „leiwaund", „gemma", „zoin")

Tussi:	Ein waf haben wir da?
Fr. Swoboda:	Nau er hod di erpresst und du host

	eam mit wos a immer in´s Jenseits befördert, is jo gaunz kloa.
Assistent:	Vielleicht mit dem Nagelzwickerl da, ich werde es gleich auf Spuren untersuchen lassen.
Tussi:	*(Nach einer Denkpause, während die Menge noch jubelt)* Aber mich hat keiner erprefft.
Tratschweib:	Natürlich hod er di erpresst, er hod jo olle erpresst, wo´s gaunga is, er hod die erkaunnt und scho woast sei Opfer, hättst hoit a bissl besser aufpassen soin, du blede Henn du.
Tussi:	Aber ich verftehe immer noch nicht.
Inspektor:	Oiso, ganz laungsam. Se woan in der Trafik, Heftln kaufen.
Tussi:	Genau.
Inspektor:	Und der oida Sack von Trafikanten, der sicher a seine eigenen Pornoheftln augschaut hod, hod ihna erkaunnt und drauf augsprochen.
Tussi:	Ja daf ftimmt.

(Jubel in der Menge)

Inspektor:	Nau oisdann, oiso: Mordmotiv!
Tussi:	Aber ich habe mich darüber gefreut.

(Es wird schlagartig still)

Inspektor:	Wie gefreut, er hod ihna aufblattlt.
Tussi:	Nein, mir macht meine Arbeit Fpaf, daf ift doch fön, wenn man erkannt wird.
Tratschweib:	Jo oba do ned beim Pud...
Inspektor:	Aus!
Tussi:	Ach, daf macht mir nichtf, wenn man mich erkennt, ich tfeige ja immer meine Fotof her, fauen fie. *(Nimmt ein Heft aus der Tasche, legt es vor und zeigt stolz auf eine Seite)* Da! Daf bin ich!
Prolet:	Kaun i segn, kaun i segn?
Pensionist:	I a, zag her!
Prolet:	Schleich di, i hob´s zerst ghobt.

(Tumultartige Szenen spielen sich ab)

Inspektor:	Aus, aus, aus! Tan´s des wieder weg, de faungan si sonst no gegenseitig zum Begatten au.
Tussi:	Hihihi.
Inspektor:	Des haßt, si san ned erpresst wuan?
Tussi:	Nein, ich bekam immer ganf tollef Lob vom Verkäufer, jede Woche, wenn ein

	neuef Heft rauf kam.
Pensionist:	Na Oida, des kaun oba jetzt ned woa sei.

(Alle setzen sich wieder nieder)

Tussi:	Waf ift, hab ich waf Falfef gefagt?
Inspektor:	Na, passt e, nehmen´s a wieder Plotz und zählen´s noch, ob olle ihre Zechn no do san, zöhn sas durch und wauns fertig san, faungan´s von vuan wieder au, do sans a beschäftigt.
Tussi:	Mach ich.
Inspektor:	Meinar Sö, i bin a oama Hund, so genial eigfadelt, bei dera hätt i ned amoi a Denunziererei braucht, so schlicht, wia de is. Und wos so dazöht glaub i ihr sogoa. De is z´deppat zum Liagn.
Lackaffe:	*(Wieder zur Tussi zwinkernd)* Gut gemacht, schöne Frau, wußten sie eigentlich, dass ich ein äußerst talentierter Fotograph mit unglaublichen Beziehungen in die Zeitschriftenszene bin?
Tussi:	*(Beginnt davon unbeeindruckt ihre Zehen zu zählen)*

16. *Szene*

Inspektor:	Naujo, der Kreis schließt si, damit samma jo eigentlich durch, oder?
Pensionist:	Na, iwan Kamötreiber haumma no ned gredt.
Inspektor:	Ajo, stimmt, danke fia die Mitoabeit. *(Und dann mit einem zynischen Unterton)* Gemeinsaum samma jo ois Gesellschaft doch stärker, ned woa?
Pensionist:	Genau!
Inspektor:	Guad, junger Maunn, sie kennan des Gspü jo jetzt scho a bissl, vielleicht kemma des obkiazn, es wird scho spät und mia woin jo olle ham kumman.
Junger Mann:	Ja das passt, da sind wir gleich fertig, ich kannte den Herren nur vom Sehen, eher vom weg sehen, der war mir nie sonderlich sympathisch und was man hier bislang so hörte, mit Recht.
Inspektor:	Ok, erzöhn´s uns vielleicht trotzdem a bissl wos über ihna, wos mochn sie so, warum wohnen si do?
Junger Mann:	Ich studiere Rechtswissenschaften und wohne hier, weil die Miete überschaubar ist, kein Wunder, ist ja ein ziemli-

	ches Loch.
Fr. Swoboda:	Nau heramoi!
Inspektor:	Und sie wohnen hier ganz allein?
Junger Mann:	Ja.
Fr. Swoboda:	Oba des woa ned immer so!
Inspektor:	Nau oisdann, jetzt kummt glei wieder Bewegung in die Runde, ich liebe meinen Beruf. Wieso ned immer?
Fr. Swoboda:	Nau bis vua einiger Zeit hod do no so a oida Kamötreiber gwohnt.
Junger Mann:	Moment, ein wenig mehr Respekt.
Pensionist:	Respekt, heans ma auf, mia haum a kann Respekt kriagt, wia ma in Rußlaund eimarschiert san.
Inspektor:	Danke fia die Mitoabeit, oba sogns, hod die Frau do recht?
Junger Mann:	Ja.
Inspektor:	Nau und wer woa der Herr, der do gwohnt hod?
Junger Mann:	*(Zögerlich)* Mein, äh, Vater.
Inspektor:	Ah, der Vater, soso. Und der is daun auszogn.
Junger Mann:	Ja.
Inspektor:	Und warum?
Junger Mann:	Er wollte, dass ich auf eigenen Beinen stehe.

Inspektor:	Soso, sehr fürsorglich vom Herrn Vatern. Und wo isa denn hinzogn.
Junger Mann:	*(Wird etwas unsicher)* Äh, irgendwo in den zehnten Bezirk.
Inspektor:	Ah, irgendwo in den Zehnten. Wohin denn?
Junger Mann:	Ich weiß die Adresse nicht so genau.
Inspektor:	Ah, die Adresse wissen´s nicht so genau? Haum oba ned vü Kontakt zum fürsorglichen Vatern, oder? Haums eam scho amoi besucht duat, wo er jetzt is?
Junger Mann:	*(Stammelt ein wenig, Augen wässern leicht)* Nein.
Inspektor:	Aso, haum sasi überworfen mit dem Herrn Vatern?

(Der Inspektor spielt jetzt die Psycho Karte aus und drängt immer lauter werdend und näher kommend auf den jungen Mann)

> Isa goaschtig gwesen zu ihna, hod er ihna wos autaun, hod er wos Schlechtes taun, kaun ma sogn, dass er der schlechteste Vater is, den ma si überhaupt…

Junger Mann: *(Schreit erzürnt und bricht anschließend in Tränen aus)*
Hören sie auf, mein Vater ist der beste Vater, den man sich vorstellen kann.

(Betretenes Schweigen im Raum)

Inspektor: A do schau her. Oba si wissen ned genau, wo er wohnt, der beste Vater. I glaub, do gibt´s a a klanes Geheimnis, oder täusch i mi do? Und i tät mi ned wundern, wenn do irgendwie a der Tschik mit drinnen hängt.
Schaun´s, mia haum a dafia Experten, Meldeamt, Verfassungsschutz, etc. - ratzfatz wissma, wos do glaufen is daumois, wer do gwohnt hod und unter wöchn Nauman und wo er jetzt offiziell gmöd is undsoweida. Vielleicht gibt´s jo a scho a Akte.

Junger Mann: Ich weiß nicht was sie meinen.
Inspektor: Und i sog´s no amoi, i bin von der Mordkommission, ois aundre interessiert mi nur am Rande.
Junger Mann: Mein Vater ist in Ägypten.
Inspektor: Aso, nix im Zehnten, hauma gschwindelt?

Pensionist:	Jo, so san´s de Kamötreiber, denan kaunst ka Wuat glauben, ois linke Gfrasta.
Inspektor:	Heans hoitns de Pappm! Wos mocht er denn in Ägypten, des wird so nix, wauni ihna jedes Wuat aus der Nosn ziagn muass, sitz ma muagn no do.

(Tussi im Hintergrund „vier, fünf, ...")

Junger Mann:	Ok, die Geschichte ist folgende: Vor ein paar Jahren musste mein Vater aus politischen Gründen aus Ägypten fliehen und so ist unsere Familie inkl. meiner Mutter und meiner Schwester Richtung Wien aufgebrochen.
Inspektor:	A do schau her, und wieso Wien?
Junger Mann:	Meine Mutter ist Wienerin und wir sprechen alle deutsch.
Pensionist:	Nau super, wauns´ unaungenehm wird, daun reissens´ olle o und mia kennan´s durchfiadan.
Junger Mann:	Meine Mutter und meine Schwester haben die Odyssee leider nicht überlebt.

(Totenstille im Raum)

Pensionist:	*(Etwas peinlich berührt)* Guad, des is jetzt natirle a Pech.
Junger Mann:	Mein Vater hat über einen Mittelsmann falsche Papiere für uns beide erhalten und diese Wohnung hier. Die Ablöse war nicht gerade billig, aber wir hatten unser gesamtes Vermögen dafür eingesetzt.
Inspektor:	Und jetzt deaf i raten, wer der Mittelsmaun woa?
Junger Mann:	Genau!
Prolet:	Nau wer, derf i mitlochen?
Alle:	Da Tschik, du Trottl!
Prolet:	Nau oag!
Inspektor:	Weida im Text, a tragische Gschicht, oba do föht ma no a bissl de Pointe. Da Tschik hod ihna de Papiere und de Wohnung in dem Lo.., in dem Haus do organisiert und wahrscheinlich fest mit gschnittn, richtig?
Junger Mann:	Davon können sie ausgehen.
Inspektor:	Und wos woa daun? Wieso is da Vater wieder weg?
Junger Mann:	Weil der Tschik ein doppeltes Spiel gespielt hat, er hat uns und auch anderen Flüchtlingen Papiere besorgt und

	diese dann bei seinen Freunden bei dieser Art Gestapo...
Pensionist:	Na ned Gestapo sogn, do woan aunständige Leit a dabei.
Junger Mann:	*(Ignorierend)*
	... gemeldet und dort nochmals mitgeschnitten. Darauf hin wurde mein Vater abgeholt und abgeschoben.
	(Bricht in Tränen aus)
Inspektor:	Nau oag und ihna is nix passiert?
Junger Mann:	Nein, ich glaub, das hat der Tschik absichtlich so konstruiert, um mich in seine Abhängigkeit zu bekommen. Ich war ihm seitdem wehrlos ausgeliefert, er hat auch schon ein paar Anmerkungen diesbezüglich gemacht, dass er zu mir auch noch kommen werde, aber offenbar - was ich hier so mitbekam - war er noch zu beschäftigt.
Inspektor:	Des haßt oba, der Tschik woa a ziemliche Bedrohung für ihna, weu er ihna in der Haund ghobt hod.
Junger Mann:	Kann man so sagen.
Inspektor:	Und wöche Gegenstrategie haums do ghobt?
Junger Mann:	Ich wollte ihn töten.

(Es wird mucksmäuschenstill, lediglich der Prolet springt als einziger auf und ruft „Mordmotiv", allerdings etwas verhalten, nachdem er merkt, dass sonst keiner mitspringt)

Inspektor: *(Zum Proleten gewandt)*
Heans do samma jetzt scho an Schriatt weida, waun ana sogt, er wü an umbringan, dann red ma nimmer über a Mordmotiv, sondern nur mehr darüber, ob er´s woa oda ned.

(Irgendwie hat aufgrund dieser tragischen Geschichte niemand mehr Lust auf Bocksprünge)

Inspektor: Guat, furchboa is des, tuat ma lad, oba i muass ihna jetzt verhoftn.

(Langsam stehen die anderen auf, etwas verhaltener, aber langsam schwindet die Bestürzung und es entwickelt sich wieder die gewohnte Dynamik , es wird wieder abgeklatscht und gejohlt und man hört Wortfetzen wie „guad is tragisch, oba kaun ma nix mochn", „söba schuid", „is Lebn geht weida", „waun spüt die Austria muagn?")

Junger Mann: Nein Moment, ich sagte ich wollte ihn

töten. Ich hab´s aber nicht getan. Wenngleich auch mir sein Tod nicht ungelegen kommt.

Tratschweib: Geh leck, jetzt geht des gaunze Spassetl von vuan wieder los.

(Die Tussi im Hintergrund „3, 4, 7...")

17. *Szene*

(Die Tussi im Hintergrund „8, 10...")

Inspektor: So, meine Freunde, jetzt nemma amoi olle Plotz, i muass mi do jetzt amoi schlichten, oiso wos haumma do, zeigen´s ma amoi ihr´n Block.

(Wendet sich an den Assistenten, der gibt dem Inspektor den Block und dieser blättert einige Zeit darin herum und murmelt vor sich hin)

Inspektor: Ok, ois kloa, oiso da Reih noch. I werd jetzt no amoi die gaunze feine Partie do doastellen, vua oim die jeweiligen Motive, die a jeder von ihna hod, den

	Tschik obzukrageln. Daun, waun i des gmocht hob werd i ma von jeden von ihna auschaun, ob er a Alibi hod fia de frogliche Zeit.
Tratschweib:	Wos is denn die frogliche Zeit?
Inspektor:	Guad mitdocht, gnä Frau, des erfoa ma in a poa Minuten, do kriag ma nämlich von de Kollegen die Info über die wahrscheinliche Tatzeit. Oiso plus - minus.
Prolet:	Plus - minus wos?
Inspektor:	Des sogt ma so, oiso auf de Minuten genau kennan de des a ned sogn.
Lackaffe:	Und was machen wir so lange? Müssen wir noch länger warten, bis irgendein dummes Beamtengehirn aus seinem Tiefschlaf erwacht? *(Lächelt anschließend lässig zur Tussi rüber, die allerdings schwer beschäftigt ist)*
Inspektor:	Ned deppat reden, horche und lerne, bestöhts eich no a jeder wos zum Trinken, weu jetzt setz ma au zum großen Finale.

(Der Wirt eilt herbei und es werden Bestellungen aufgegeben, während der Inspektor sich ein paar Notizen

macht, danach werden die Getränke serviert)

Prolet:	Prostata, sunst rostata.
Pensionist:	A laara Sock steht ned.
Prolet:	Zur Mitte, zur Titte …
Inspektor:	Aus jetzt, ned auf dem Niveau, mia san jo ned auf an Voiksfest, oiso gemmas au, i derf zusaummen fossen und bitte ned unterbrechen.
	Oiso do is amoi die feine Frau Brchdrn…, wia hassn se?
Pensionist:	Des waß ka Mensch so genau, mia sogn a immer oide Schabrackn oder Funsn zu ihr.
Tratschweib:	Heans! Brchdina.
Inspektor:	Oiso Frau Brdcrd, … i schoff´s ned, deaf i a Funsn zu ihna sogn?
Tratschweib:	Na, sans waunsinnig?
Inspektor:	Oiso, se Frau se, se haum a dubiose Vuagschicht wos des Obleben von ihrn Mau betrifft, inklusive der Beeinflussung der nochfolgenden Ermittlungen durch persönliche Bande und diverser Gefälligkeiten. Und der Tschik hod Wind davo kriagt …
Prolet:	Von sowos kaun ma Wind kriagn? No nie gheat.

Inspektor:	*(Ignorierend)* ... a vielleicht aufgrund von an Tipp von ihrer „guadn" Freindin, dem „Swoberl". Oba er hod ihna in Ruah lossn, weula verschuldet woa beim daumoligen Kiwara, daun hoda a zusätzliches Einkommen ghobt - a do wissma jetzt woher *(schaut auf den Lackaffen)* - und hod seine Schuidn zoit. Gleichzeitig is der Kiwara suspendiert wuan und somit woara fia si a Gefoa, wos natirlich a wunderboares Mordmotiv doastöht.
Tratschweib:	Stimmt, oba i woas ned.
Inspektor:	Daun is do unser Pensionist.
Pensionist:	Hier bei der Arbeit.
Inspektor:	Se woan mitn Tschik im Krieg und duat hod er si sogns söba verwundet, damit er bei der gfährlichen Rettungsaktion fia ihrn Komeroden...
Pensionst:	... fian Schani.
Inspektor:	Ok, fian Schani, ned mitmochen muass. Und letztlich haum´s eam daun den Tod vom Schani aungelostet dadurch und hätten a guades Motiv ghobt, den Tschik für sei unkameradschaftliches Handeln zu bestrofen, no dazu, weu ihna Hoss immer gressa wuan is, a weu

	der Tschik so a obgrundtiafes Gfrast woa.
Pensionist:	Gaunz genau, oba i woas ned. I hätt fost, hob oba ned. Wissns e, hättitätti-warisoiti zöht ned vua Gericht.
Inspektor:	Ma scho kloa, und daun gibt´s do unsern Freund mitn Trottlhuat und dem dazu passenden Gsicht.
Prolet:	Wer?
Inspektor:	Genau von ihna red i. Oiso se kennan den Tschik vom Fuassboiverein, weula durt Sponsor und Funktionär woa.
Prolet:	Funktionär is a bissl übertrieben, vümehr a Oaschloch.
Inspektor:	Des ane schließt des aundre ned aus, is wia in da Politik, oba guad. Oiso er hod a poa Linke draht, Göd ozweigt und betrogen und den Verein letztlich um spuatliche Erfolge brocht und zudem no a poa fette Kredite hinterlossen.
Prolet:	Besser kennt i´s a ned sogn.
Inspektor:	Des glaub i ihna sogoa. Des haßt si hätten a tadelloses Motiv ghobt, eam ane über´s Happe zu zigan, oba…
Prolet:	… i woas ned
Inspektor:	Des woit i sogn.
Prolet:	Genau.

Inspektor:	Ois Nächste woa do unser feine Sojastaungan, de jo goa ned so fein woa, wie si herausgstöht hod. Ihna hod der Tschik - noch an guadn Tipp von unserer liabm Frau Swoboda ...
Assistent:	*(Liest aus seinem Block vor)* „der Oaschwarzn" hat die Dame dann noch gesagt.
Inspektor:	Jojo, is scho guad, oiso an Tipp von dera Oa.., na leck herst, von der Frau Swoboda, erpresst, nochdem er feine Büdln von ihna und ihre Freier in eindeutigen Stellungen gmocht hod.
Prolet:	Stellungen, hähähä.
Studentin:	Freier, naja.
Inspektor:	Und daun hod er ihna erpresst und woit immer mehr und warat drauf und draun gwesen, ihr gesaumte Existenz zu gefährden. A wunderboares Mordmotiv. Oba ...
Studentin:	...ich war´s nicht.
Inspektor:	Woit i jo grod sogn. Oder der feine Herr do, der a Woif im Schafspöz is.
Prolet:	Wos isa?
Inspektor:	Vergiss - der hot mit dem Tschik backelt und mit zwielichtige Methoden

	Leit aus Häuser vertrieben. Und weu dem Tschik seine Methoden söbst ihna a bissl zu hantig woan und er no dazua immer unverschämtere Aunsprüche gstöht hod, woa er afoch untrogboa, a aus „kalkulatorischer" Sicht - a herrliches Motiv.
Lackaffe:	Aber ich habe mit seinem Tod nichts zu tun.
Inspektor:	Daun unser Frau Swoboda, dieses Früchtchen. Hod packelt mitn Tschik und eam mit Informationen versuagt, damit er si mitn Leit ausse kriagn leichter tuat. Und hod mitgschnitten und hätt a do in dem Haus olle ausse bissn. Oba da Tschik hot si mit der Immo Bude überwuafm und woit ois auffliagn lossen, do waratn se natirlich a mit gaunga, wos a a schenes Motiv fia an Mord is.
Fr. Swoboda:	Oba …
Inspektor:	Aus! Lossens des mi a amoi sogn. Oba sie woans ned.
Fr. Swoboda:	Genau.
Tratschweib:	Swoberl, i kaun immer no ned glauben, dass du …
Inspektor:	Unser liabe Blondine hätt unter norma-

le Umständ vielleicht a a klanes Motiv ghobt, in der Wöd, in der si gfaungan is, ollerdings ned.

(Tussi sitzt immer noch, macht mittlerweile Stricherl beim Zählen ihrer Zehen)

Inspektor: Und am End is do no unser ägyptischer Freind. I wü de gaunze Gschicht do jetzt goa ned no amoi aufwama, furchtboa. Oba ma muass sogn, es is a a Mordmotiv, wobei ma bei ihna am meisten lad tät, waunsas gwesen waratn.
(Sinierend, blickt wie sonst immer nur der Philosoph in den Himmel rauf)
Eigentlich oag, a jeder is a Trottel, oba trotzdem hod a jeder auf sei Oat recht.
Philosoph: Wos sogt a?
Prolet: Hob i mi a grod gfrogt?
Tratschweib: Nix, is a Trottl.

18. Szene

Forrest: Tirili...vielleicht war´s auch ein anderer...tirili.

Prolet:	Wos sogta?
Pensionist:	I waß a ned.
Fr. Swoboda:	Woa des jetzt wieder irgenda Bledsinn oda waß er wos? Des is ma scho a poa moi aufgfoin, maunchmoi singt er nur irgenda Kinderliadl und maunchmoi denk i ma, der is goa ned so bled.
Tratschweib:	Vielleicht woaras söba und häkelt uns nur mit seine Spombanadln.
Inspektor:	Na des glaub i ned, eigentlich bin i ma do sicher, oba vielleicht woas jo wirklich a aunderer, bin scho gspannt, wos die Kollegen zur Tatzeit sogn. *(Zum Assitenten)* Sogns, wia weit samma? Haum si die Kollegen no ned gmöd? Ungewöhnlich, normal geht des ratzfatz.
Assistent:	Nein noch nicht, wobei, uups, hähähä, ich hab den Ton vom Laptop abgestellt gehabt, die haben e schon lang was gschriebm.
Inspektor:	Nau se san a Vuagob, kennt ihna fost wegen Behinderung einer Amtshandlung vahoften lossen.
Lackaffe:	Behinderung passt sicher.
Inspektor:	Se passens auf! *(Fuchtelt energisch mit dem Finger, es*

	fällt ihm aber letztlich nichts ein, was er sagen könnte)
	Wurscht, wos schreiben´s?
Assistent:	Der Todeszeitpunkt war ca. eine viertel Stunde vor dem Zeitpunkt wo die telefonische Meldung bei uns einging. Plus-Minus eine halbe Stunde.
Inspektor:	Nau des deckt si e mit de Aussogen, die die Hansln am Fenster gmocht haum. Und länger wia a viertel Stund kaun e nix her sei, bis des de oide Gatschn do bemerkt.
Fr. Swoboda:	Ajo, wegen dem Finderlohn miassma daun e a no reden.
Inspektor:	Des kennan´s daun den Gefängniswärter dazöhn, waun´s bled her geht.
Prolet:	Heans, vielleicht bin i jo begriffsstutzig.
Alle:	Jo!
Prolet:	*(Ist so mit dem Denken beschäftigt, dass er darauf gar nicht eingeht)* Oba i versuch ma des grod zeitlich vuazumstöhn. Dieses plus-minus-Zeig do. Jetzt find de Oide do um sog ma Fufzehn Uhr a Leich.
Fr. Swoboda:	Na es woa …
Prolet:	Wurscht, is jo nua a Beispü, unterbrechen´s mi ned, sunst is ois weg. Oiso

	um Fufzehn Uhr find de a Leich. Dann schauns a poa Minuten deppat ummadum so wia ollaweu und daun ruaft ana bei da Heh au, des is ois a Aungelegenheit von a poa Minuten.
Inspektor:	Wos plogen´s ihna do so o, se san jo intellektuell unbewoffnet? Wos woins sogn?
Prolet:	Na Moment, oiso umma drei wird a gfunden, sogma zehn noch drei wird augruafm, a viertel Stund zruck isa otretn sogn de Kollegen, des warat circa umma drei. Und des is de Zeit, wo des plus-minus Zeig weg grechnet wird, richtig?
Inspektor:	Richtig!
Prolet:	So und jetzt sogn de Experten - plus-minus a hoibe Stund, des haßt des mit der hoibm Stund zruck versteh i, des warat so hoiba drei. Oba des aundre verwirrt mi.
Inspektor:	Wos genau?
Prolet:	Nau des plus a hoibe Stund, von drei aus gsegn, do warats hoiba viere wo er den Leffe ogebn hod, des haßt er hod no glebt, wias eam weg gfiat haum. Vielleicht lebt der jo no und jetzt

buddltns eam ei bei lebendichn Leib oder ...

(Die ganze Runde sieht sich fassungslos an)

Inspektor:	Aus, des sogt ma nur so, des plusminus, gebns a Ruah.
Tratschweib:	Des tuat eam ned guad, des nochdenken.
Inspektor:	Herrschoften, tamma uns ned verzetteln, jo?

(Der Prolet sitzt denkend in einem Eck und macht sich gelegentlich auch Skizzen)

Inspektor:	So Freunde, jetzt wird's ernst. Oiso wir wissen, der Tschik is zeitlich relativ kurz bevua eam de Swoboda gfunden hod, otretn, oiso zumindest teuweise, oba i denk der restliche Teu von eam wird a ziemlich in der Näh gwesen sei.
Lackaffe:	Was heißt das jetzt genau?
Inspektor:	*(In Kindersprache nachäffend)* Ja was heißt das jetzt genau? Des haßt, olle, de in da Näh woan, san verdächtig, olle! *(Zeigt mit dem Finger in die Runde)*,

	Kana foit weg, kana hod a Alibi, weu jeder woa in da Näh. *(Und dann Richtung Prolet rufend, der immer noch tüftelt)* Plus-minus natürlich! *(Zwinkert)*
Prolet:	Oiso i hob a Alibi, zumindest fia des Plus Dingens, weu do woats es a olle scho do und hobts mi gsegn, oiso i bin ausn Schneider.
Pensionist:	Der vastehts ned, is sinnlos.
Inspektor:	Oiso es is so - kana hod a Alibi und fost olle haum a Motiv. Und die Gelegenheit haum sicher a olle ghobt, de de im Haus wohnan sowieso, oba a sunst a jeder, weu der woa e a Zniachtl - zu Zweit schupfst den locker do eine.
Fr. Swoboda:	Nau und, wos mochma jetzt, spü ma schwoaza Peda?
Prolet:	*(Hat das Tüfteln zwischenzeitig aufgegeben)* I hätt Tarock Koatn do.

19. Szene

Inspektor:	So, jetzt miassma olle mitanaunda nochdenken, ob uns, oiso eich, no ir-

	gendwos eifoit, a Detail, jetzt kummts auf jede Klanigkeit au, denkts noch, jede Beobochtung, jede Minutn is jetzt wichtig, weu ois so eng is.
Pensionist:	Normal sogt ma, wer möd, der böd.
Fr. Swoboda:	Se, woin se mi do eitunken?
Pensionist:	Wiaso ned?
Fr. Swoboda:	Passens nur auf, weu sunsta…
Pensionist:	Wos sunsta?
Fr. Swoboda:	Sunst foit ma ei, dass sie des Fenster genau iwan Container haum und do a Potzn Lärm ausse kumman is vuaher.
Pensionist:	A des foit ihna ei.
Fr. Swoboda:	Genau, des passt sicher, weu bei ihna woa immer so a Wirbe, weu se jo a derrische Kapön san, oiso Herr Inspektor, i bin ma ziemlich sicher, dass der Oide do mitn Tschik bei eam daham gstrittn hod und er eam daschlogn und owe ghaut hod.
Pensionist:	Se Kraumpm, und i hob gsegn, wia se und de aundre Gatschn, de mit ihna ausse kumman is ausn Stiagnhaus ziemlich aussa Otn woan, wia i nochn Pumperer obe gschaut hob. Se haum jo no keicht, wia de Leit olle do woan.
Fr. Swoboda:	Nau und wos sogt des?

Pensionist:	Wos sogt des, denkt do kana mit? De zwa woan deshoib ausser Otn, weu´s gemeinsam den Tschik daschlogn und daun auf anszwadrei in den Container do gschupft haum. Es Mordsweiba!
Fr. Swoboda:	Du bist a Mörder, du oida Kriegsverbrecher!
Pensionist:	Jo und so Weiba wia eich hättma fria sowieso auzunden!
Junger Mann:	Ja komisch haben sich die zwei schon verhalten.
Studentin:	Stimmt, und so gemauschelt.
Fr. Swoboda:	Jo jetzt sads es a no von wo? Und wia-so haum se Handschuach aughobt am Fenster? Wegn de Fingerobdrücke, gö?
Studentin:	Ich hab geputzt.
Fr. Swoboda:	Bledsinn, Spuren verwischen woitst, du Mördernuttn!
Junger Mann:	Stimmt, das ist mir auch komisch vorgekommen.
Studentin:	Na du brauchst reden, was war denn das für ein Bumperer in deinem Zimmer ungefähr um die Tatzeit? Da hast ihn wahrscheinlich gerade erschlagen.
Junger Mann:	Bist du verrückt? Du warst es, oder die Weiber.
Studentin:	Du ägyptischer Mörder, du!

Pensionist: Genau, dreckats Gsindl!
Prolet: Nau se brauchen oba wirklich ned reden, den Lärm aus ihnan Zimmer hob i von der Weitn sogoa gheat, wiari über der Stroßn gstaunden bin und ane ghazt hob.
Pensionist: Nau heast du Voidillo - do stöht si jo eher die Froge, warum bist durt ummadum gstaunden. I trau mi wetten, du host an von deine deppatn Fuassboller dabei ghobt und ihr hobts denn Tschik opasst und eam daun baniert und in Container ghaut, du bist da Mörder.
Prolet: Bist deppat, heast i reib da glei ane.
Pensionist: Do schau Inspektor, wos brauchst no mehr.
Lackaffe: Der Typ mit dem Idiotenhut ist mir auch aufgefallen, wie er die Straße entlang gelaufen ist ein Stück weiter unten. Ich glaub auch, der war´s. Du Mörder!
Prolet: Bist deppat? Und wos host du eigentlich in dera Hittn gmocht, du bist jo do kurz bevua de Weiwa aussekumman, söba ausse, host eam vielleicht kurz davua daschlogn und daun owe ghaut?

Du bist da Mörder, immer de
Oaschwoaman, de so auf fein tuan san
die ärgsten Gfrasta.

(Die Situation droht zu eskalieren, jeder beschuldigt jeden, der Täter zu sein, auch der Inspektor ist beim Beschuldigen nun an vorderster Front mit dabei)

Pensionst:	*(Zum Lackaffen)* Mörder!
Inspektor:	Genau!
Lackaffe:	*(Zum Pensionisten)* Söba Mörder!
Inspektor:	Genau!
Prolet:	*(Zum Lackaffen)* Gibs doch zua!
Pensionist:	*(Zum Lackaffen)* Hing´richt gheast!
Prolet:	*(Zum Lackaffen)* Im Häfen weans an Spaß mit dir haum!
Lackaffe:	*(Zum Proleten)* Du Leutderschlager!
Inspektor:	Genau!
Pensionist:	*(Zum Proleten)* Möder!
Stundentin:	*(Zum Proleten, zum Pensionisten und zum Lackaffen)* Lauter Mörder!
Inspektor:	Genau!
Pensionist:	Mörderin - sauber getschendert!
Prolet:	*(Zur Studentin)* Jawoi - Mördernuttin!
Inspektor:	Genau!
Tratschweib:	*(Zur Studentin)* Mördertofu!
Fr. Swoboda:	*(Zum Tratschweib)* Maudaschlogerin!

Inspektor:	Genau!
Tratschweib:	*(Zur Swoboda)* Immobilienhaihaundlaungermörderin!
Inspektor:	Genau!
Prolet:	*(Unkonzentriert, zum Inspektor)* Mörderbeamter! *(Zum Assistenten)* Und Mörderassistent!
Junger Mann:	Ihr sads olle Ausländermörder!
Pensionist:	Und womit?
Junger Mann:	Mit den Händen
Pensionist:	Na, mit Recht!
Prolet:	Rechtmörder!
Inspektor:	Genau!
Alle:	*(An alle)* Tschikmörder!

20. Szene

(Während der Inspektor noch voll in Rage ist und die Verdächtigen wüst beschimpft, zupft ihn der Assistent zwischendurch immer wieder am Ärmel)

Inspektor:	Heans auf, ...Mörder! *(Assistent zupft weiter)* Gebns a Ruah, i muass mi konzentrieren, vielleicht verrot si jo wer oder

	haut die Nerven weg, wenn er unter Druck steht, …Tschikmörder!
Assistent:	Chef.
Inspektor:	Schleichen´s ihna, …Trafikantenmörder!
Assistent:	Chef, es wäre wichtig.
Inspektor:	Wos kaun do jetzt so wichtig sei? … Einarmigenmörder!
Assistent:	Ich habe den Lap Top immer noch auf lautlos.
Inspektor:	Jo sehr interessant, reden´s ma´s in a Sackl, i huach ma´s späda au, …Erpressermörder!
Assistent:	Chef, die Spurensicherung hat was geschrieben, e vorher schon.
Inspektor:	Ned jetzt, des hod jo woi Zeit, …Spechtlermörder!
Assistent:	Nein eben nicht, ich glaube, es ist wichtig.
Inspektor:	*(Beruhigt sich)* Nau redens, wos schreiben´s!
Assistent:	Sie meinen, er hatte 3,75 Promille Alkohol im Blut gehabt.
Inspektor:	Nau und, der woa sicher e immer fett.
Assistent:	Ja und dann schreiben´s noch, dass das Blut auf der Hand seines war, von der Bierflasche, die beim Sturz zerbrochen

	ist, die hat ihm die Pulsadern aufgeschnitten.
Inspektor:	A Bierfloschn hod er in der Haund ghobt? Ok, vielleicht is der immer mit ana Hüsn ummadum grennt. Lossen´s mi do wieder zuahean.

(Weiterhin Tumulte)

Assistent:	Aber die Kollegen schreiben noch was.
Inspektor:	Heans, wos no?
Assistent:	Sie haben alles untersucht, auch die Wohnung vom Opfer und sie können ein Gewaltverbrechen ausschließen und zu 100 Prozent bestätigen, dass der Tote offenbar in volltrunkenem Zustand aus dem Fenster gefallen ist. Offenbar beim Versuch, etwas vom Kasten, der daneben steht, zu holen. Und unten hat er sich mit der Bierflasche in seiner Hand die Pulsadern aufgeschnitten und den Schädel einghaut vom Sturz.
Inspektor:	Jojo, passt scho, huachen´s do zua! *(Stutzt plötzlich)* Wos sogn sie do? A Unfoi? Zweifelsfrei?

(Assistent nickt, Inspektor sieht auf die streitende Menge)

Inspektor:	Ach du Scheiße, wie kumma denn do jetzt aus dera Nummer ausse?
Assistent:	Alle verhaften?
Inspektor:	Wissen's wos? Wir gengan jetzt afoch. *(Schleicht sich unauffällig zum Wirtn und flüstert)* Heans - schreibens des ois do zsaum und schicken's die Rechnung in die Bundespolizeidirektion, Abteilung Mord, Kennwort Tschik, do waß i daun scho.

(Die Menge beflegelt sich inzwischen auf das Heftigste und beschuldigt sich weiterhin gegenseitig, ein Mörder zu sein, erste Handgreiflichkeiten sind erkennbar, es fallen Gläser, eine Scheibe geht zu Bruch)

Inspektor:	*(Zum Assistenten)* Und mia zwa gengan jetzt ham.